辭書大系 1

# 簡繁體輕鬆變

黃世杰 主編

文興出版事業有限公司

# 出版序

漢字，即俗稱的中國文字，無疑是世界上最古老、最有深度的文字之一，回顧全世界的文字發展史，目前已知最早的文字源頭有好幾個，其中較著名的分別是埃及的象形文字、蘇美人的楔形文字，以及中國的古漢字。然而，今日的埃及人已看不懂他們祖先所使用的文字，西亞一帶的人，也早就不再使用千年前的楔形文字了，只有漢字，歷經數千年的時空遞嬗，依然屹立不搖的被使用著。

最早的中國文字是出現在龜甲與獸骨上，屬於圖畫文字；根據各國文字及考古學家的研究，世界各民族早期的文字大部分都是從圖畫開始發展，例如早期的埃及文字，就有很多是圖畫的符號。但是後來多數的民族都逐漸以拼音文字來取代圖畫文字，惟獨中文在符號文字的基礎上繼續演進改良，而完成了造字和用字的六種法則－「六書」(即象形、指事、會意、形聲、轉注、假借)，也因此使得中國文字達到形、音、義兼備的境界。

因此，目前我們所看到的中華古籍中的文字，就是當初以六書規則所發展出來的漢字，亦即當今所通稱之「繁體字」，爲民國政府播遷來台之後所沿用之文字，而海峽對岸政府在近數十年來則推展漢字簡化運動，將文字筆劃縮減，而形成俗稱之「簡體字」系統，通行於內地。近年來，隨著兩岸的交流日趨頻繁密切，民眾接觸簡體字的機會大大增加，而部分的簡體字也悄悄融入繁體字的用法中，這其中多有誤用，或有無法辨識簡體字等困擾，於是本書便因此應運而生。

在過去一年中，本公司編輯部群策群力、精心規畫，不同於坊間相似書籍的高錯誤率，我們務求提供給使用者最完善、最正確的資訊，不論您有意學習簡體與繁體之間的轉變原則，或是僅需查閱對照之用，本書都是您最佳的選擇。

主編 黃世杰

2003. 3. 1.

# 目錄

# 簡體字五大步驟

## 輕鬆學習

# 【主編的叮嚀】

為了方便讀者們對五大步驟中各表格內字群的學習、記憶和練習，在您開始背閱它們之前，先讓我們來告訴您幾種主要的漢字簡化規則吧！

| 規　　則 | 說　　明 | 舉例(繁→簡) |
|---|---|---|
| 一、同音代替 | 在意義不混淆的條件下，用形體簡單的同音字代替繁體字，既減少了字數，又突出了表音的特點。 | 瞭→了　齣→出<br>麵→面　隻→只<br>(參見表一) |
| 二、簡化偏旁 | 把比較繁難的偏旁更換成比較簡單的偏旁，簡化後仍是形聲結構。 | 優→优　蘋→苹<br>驚→惊　響→响<br>(參見表一) |
| 三、換用簡單的符號 | 用一個筆畫很簡單的符號，代替繁體字中特別繁難的部份。 | 漢→汉　戲→戏<br>趙→赵　觀→观<br>(參見表一) |
| 四、草書楷化 | 把比較熟悉的草書字之筆形，改用楷書的寫法。 | 專→专(參見表一)<br>書→书(參見表一) |
| 五、保留特徵或輪廓 | 把繁體字中繁難的部分刪除，只保留該字特徵或輪廓部分，由此規則所產生的簡化字，也被稱為「特徵字」或「輪廓字」。 | 聲→声　飛→飞<br>奮→奋　奪→夺<br>(參見表一) |
| 六、精簡字數 | 將大量的同音、同義而形體不同的異體字廢除，用一個簡單字代替。 | 「回」代替迴或廻<br>(參見表一) |
| 七、其　他 | 採用古體或用筆畫簡單的常用字或偏旁來構成一個新的會意字。 | 塵→尘(古體)<br>體→体　淚→泪<br>(參見表一) |

## 步驟一：(表一) 是無法類推的簡體字群，務必熟背！

〔 〕表示繁體字

### 2 畫

厂〔廠〕
卜〔蔔〕
儿〔兒〕
了〔瞭〕

### 3 畫

干〔乾〕
干〔幹〕
亏〔虧〕
才〔纔〕
千〔韆〕
亿〔億〕
个〔個〕
么〔麼〕
卫〔衛〕
飞〔飛〕
习〔習〕

### 4 畫

开〔開〕
厅〔廳〕
仆〔僕〕
币〔幣〕
仅〔僅〕
凤〔鳳〕
斗〔鬥〕
忆〔憶〕
认〔認〕
丑〔醜〕
办〔辦〕
邓〔鄧〕
劝〔勸〕
书〔書〕

### 5 畫

击〔擊〕
扑〔撲〕
术〔術〕
灭〔滅〕
旧〔舊〕
帅〔帥〕
叶〔葉〕
号〔號〕
电〔電〕
只〔隻〕
只〔祇〕
叹〔嘆〕
丛〔叢〕
处〔處〕
冬〔鼕〕
务〔務〕
兰〔蘭〕
头〔頭〕
汉〔漢〕
让〔讓〕
礼〔禮〕
辽〔遼〕
出〔齣〕
台〔臺〕
台〔檯〕
台〔颱〕

### 6 畫

巩〔鞏〕
扫〔掃〕
朴〔樸〕
权〔權〕
协〔協〕
压〔壓〕
夸〔誇〕
夺〔奪〕

划〔劃〕
尘〔塵〕
吁〔籲〕
吓〔嚇〕
曲〔麯〕
团〔團〕
团〔糰〕
回〔迴〕
网〔網〕
朱〔硃〕
优〔優〕
价〔價〕
伙〔夥〕
向〔嚮〕
后〔後〕
合〔閤〕
众〔眾〕
爷〔爺〕

伞〔傘〕
杂〔雜〕
凫〔鳧〕
壮〔壯〕
冲〔衝〕
妆〔妝〕
庄〔莊〕
庆〔慶〕
关〔關〕
灯〔燈〕
兴〔興〕
忏〔懺〕
讲〔講〕
导〔導〕
阳〔陽〕
阶〔階〕
妇〔婦〕
戏〔戲〕

观〔觀〕
欢〔歡〕
纤〔縴〕
纤〔纖〕

## 7 畫

远〔遠〕
运〔運〕
坛〔壇〕
坛〔罈〕
坏〔壞〕
扰〔擾〕
坝〔壩〕
折〔摺〕
坟〔墳〕
护〔護〕
块〔塊〕
声〔聲〕

报〔報〕
拟〔擬〕
克〔剋〕
苏〔蘇〕
苏〔囌〕
极〔極〕
医〔醫〕
还〔還〕
歼〔殲〕
县〔縣〕
里〔裏〕
园〔園〕
吨〔噸〕
邮〔郵〕
困〔睏〕
听〔聽〕
别〔彆〕
乱〔亂〕

| | | | |
|---|---|---|---|
| 体〔體〕 | 沈〔瀋〕 | 拥〔擁〕 | 制〔製〕 |
| 佣〔傭〕 | 怀〔懷〕 | 拦〔攔〕 | 泪〔淚〕 |
| 彻〔徹〕 | 忧〔憂〕 | 苹〔蘋〕 | 刮〔颳〕 |
| 余〔餘〕 | 证〔證〕 | 范〔範〕 | 凭〔憑〕 |
| 谷〔穀〕 | 启〔啓〕 | 柜〔櫃〕 | 征〔徵〕 |
| 邻〔鄰〕 | 补〔補〕 | 板〔闆〕 | 舍〔捨〕 |
| 岛〔島〕 | 层〔層〕 | 松〔鬆〕 | 籴〔糴〕 |
| 系〔係〕 | 迟〔遲〕 | 构〔構〕 | 肤〔膚〕 |
| 系〔繫〕 | 际〔際〕 | 丧〔喪〕 | 肿〔腫〕 |
| 状〔狀〕 | 陆〔陸〕 | 枣〔棗〕 | 肮〔骯〕 |
| 亩〔畝〕 | 鸡〔雞〕 | 郁〔鬱〕 | 胁〔脅〕 |
| 疗〔療〕 | | 矾〔礬〕 | 枭〔梟〕 |
| 应〔應〕 | *8* 畫 | 奋〔奮〕 | 庙〔廟〕 |
| 这〔這〕 | 环〔環〕 | 态〔態〕 | 疟〔瘧〕 |
| 灿〔燦〕 | 表〔錶〕 | 轰〔轟〕 | 闹〔鬧〕 |
| 灶〔竈〕 | 势〔勢〕 | 岭〔嶺〕 | 卷〔捲〕 |
| 沟〔溝〕 | 拣〔揀〕 | 图〔圖〕 | 怜〔憐〕 |
| 沪〔滬〕 | 担〔擔〕 | 购〔購〕 | 宝〔寶〕 |

帘〔簾〕
实〔實〕
衬〔襯〕
隶〔隸〕
艰〔艱〕
练〔練〕

## 9 畫

帮〔幫〕
赵〔趙〕
茧〔繭〕
胡〔鬍〕
药〔藥〕
标〔標〕
栏〔欄〕
树〔樹〕
咸〔鹹〕
面〔麵〕
牵〔牽〕
战〔戰〕
点〔點〕
临〔臨〕
显〔顯〕
虾〔蝦〕
虽〔雖〕
响〔響〕
钟〔鍾〕
钟〔鐘〕
钥〔鑰〕
毡〔氈〕
选〔選〕
适〔適〕
种〔種〕
秋〔鞦〕
复〔復〕
复〔複〕
复〔覆〕
胆〔膽〕
胜〔勝〕
独〔獨〕
养〔養〕
姜〔薑〕
类〔類〕
总〔總〕
炼〔煉〕
烂〔爛〕
洼〔漥〕
洁〔潔〕
洒〔灑〕
浊〔濁〕
恼〔惱〕
宪〔憲〕
窃〔竊〕
袄〔襖〕
垦〔墾〕
昼〔晝〕
垒〔壘〕

## 10 畫

蚕〔蠶〕
赶〔趕〕
盐〔鹽〕
捣〔搗〕
壶〔壺〕
获〔獲〕
获〔穫〕
热〔熱〕
桩〔樁〕
样〔樣〕
础〔礎〕
顾〔顧〕
毙〔斃〕

致〔緻〕
晒〔曬〕
赃〔贜〕
钻〔鑽〕
铁〔鐵〕
牺〔犧〕
敌〔敵〕
积〔積〕
称〔稱〕
借〔藉〕
舰〔艦〕
脏〔臟〕
脏〔髒〕
脑〔腦〕
胶〔膠〕
袅〔裊〕
症〔癥〕
痈〔癰〕

斋〔齋〕
准〔準〕
竞〔競〕
阄〔鬮〕
烛〔燭〕
递〔遞〕
涂〔塗〕
涩〔澀〕
宽〔寬〕
家〔傢〕
窍〔竅〕
袜〔襪〕
恳〔懇〕
剧〔劇〕
继〔繼〕

## 11 畫

据〔據〕
梦〔夢〕
酝〔醞〕
悬〔懸〕
跃〔躍〕
累〔纍〕
偿〔償〕
衅〔釁〕
盘〔盤〕
象〔像〕
猎〔獵〕
痒〔癢〕
旋〔鏇〕
阋〔鬩〕
盖〔蓋〕
兽〔獸〕
渊〔淵〕
淀〔澱〕
惧〔懼〕
惊〔驚〕
谗〔讒〕
堕〔墮〕
随〔隨〕
粜〔糶〕

## 12 畫

琼〔瓊〕
搀〔攙〕
联〔聯〕
椭〔橢〕
确〔確〕
硷〔鹼〕
凿〔鑿〕
筑〔築〕
惩〔懲〕
御〔禦〕
腊〔臘〕

馋〔饞〕
装〔裝〕
亵〔褻〕
粪〔糞〕
湿〔濕〕
飨〔饗〕

## 13 畫

蒙〔濛〕
蒙〔懞〕
蒙〔矇〕
碍〔礙〕
雾〔霧〕
辞〔辭〕
触〔觸〕
粮〔糧〕
誉〔譽〕
寝〔寢〕

辟〔闢〕
缠〔纏〕

## 14 畫

蔑〔衊〕
酿〔釀〕
愿〔願〕
踊〔踴〕
蜡〔蠟〕
稳〔穩〕

## 15 畫

聪〔聰〕
霉〔黴〕

## 19 畫

髋〔髖〕

**步驟二：**（表二）的簡體字仍須背起來，但利用這些字，我們可以類推出許多衍生字。

### 2 畫

几〔幾〕

### 3 畫

万〔萬〕
与〔與〕
广〔廣〕
门〔門〕
义〔義〕
马〔馬〕
乡〔鄉〕

### 4 畫

丰〔豐〕
无〔無〕
韦〔韋〕
专〔專〕
云〔雲〕
艺〔藝〕
历〔歷〕
区〔區〕
车〔車〕
冈〔岡〕
贝〔貝〕
见〔見〕
气〔氣〕
长〔長〕
从〔從〕
仑〔侖〕
仓〔倉〕
风〔風〕
乌〔烏〕
为〔爲〕
队〔隊〕
双〔雙〕

### 5 畫

节〔節〕
戋〔戔〕
龙〔龍〕
东〔東〕
卢〔盧〕
业〔業〕
归〔歸〕
尔〔爾〕
乐〔樂〕
鸟〔鳥〕
刍〔芻〕
汇〔匯〕
宁〔寧〕
写〔寫〕
边〔邊〕
发〔發〕
圣〔聖〕
对〔對〕

### 6 畫

动〔動〕
执〔執〕
亚〔亞〕
过〔過〕
厌〔厭〕
页〔頁〕
达〔達〕
夹〔夾〕
尧〔堯〕
毕〔畢〕
师〔師〕
当〔當〕
虫〔蟲〕
岁〔歲〕
岂〔豈〕

迁〔遷〕
乔〔喬〕
华〔華〕
会〔會〕
杀〔殺〕
刘〔劉〕
齐〔齊〕
产〔產〕
农〔農〕
寻〔尋〕
尽〔盡〕
孙〔孫〕
阴〔陰〕
买〔買〕

## 7 畫

寿〔壽〕
麦〔麥〕
进〔進〕
壳〔殼〕
严〔嚴〕
两〔兩〕
丽〔麗〕
来〔來〕
卤〔鹵〕
时〔時〕
佥〔僉〕
龟〔龜〕
犹〔猶〕
条〔條〕
穷〔窮〕
灵〔靈〕

## 8 畫

画〔畫〕
卖〔賣〕
齿　齒
虏〔虜〕
国〔國〕
黾〔黽〕
罗〔羅〕
质〔質〕
鱼〔魚〕
备〔備〕
郑〔鄭〕
单〔單〕
审〔審〕
肃〔肅〕
录〔錄〕
参〔參〕

## 9 畫

荐〔薦〕
带〔帶〕
尝〔嘗〕
将〔將〕
亲〔親〕
娄〔婁〕
举〔舉〕

## 10 畫

聂〔聶〕
虑〔慮〕
监〔監〕
党〔黨〕
罢〔罷〕
笔〔筆〕
爱〔愛〕
离〔離〕
宾〔賓〕
难〔難〕

## 11 畫

啬〔嗇〕
断〔斷〕
隐〔隱〕

## 12 畫

窜〔竄〕
属〔屬〕

## 13 畫

献〔獻〕

**步驟三：**透過（表三）的實例，讓我們馬上來感受背下（表二）的好處。

### 几

叽〔嘰〕
玑〔璣〕
机〔機〕
矶〔磯〕
虮〔蟣〕

### 万

厉〔厲〕
迈〔邁〕
励〔勵〕
疠〔癘〕
虿〔蠆〕
趸〔躉〕
砺〔礪〕
蛎〔蠣〕
粝〔糲〕

### 与

屿〔嶼〕
欤〔歟〕

### 广

邝〔鄺〕
圹〔壙〕
扩〔擴〕
犷〔獷〕
旷〔曠〕
矿〔礦〕

### 门

闩〔閂〕
们〔們〕
闪〔閃〕
扪〔捫〕
闭〔閉〕
问〔問〕
闯〔闖〕
闰〔閏〕
闱〔闈〕
闲〔閑〕
间〔間〕
闵〔閔〕
闷〔悶〕
闸〔閘〕
闺〔閨〕
闻〔聞〕
闼〔闥〕
闽〔閩〕
闾〔閭〕
闿〔闓〕
阀〔閥〕
阁〔閣〕
阂〔閡〕
阕〔闋〕
阃〔閫〕
[illegible]〔[illegible]〕
阅〔閱〕
阆〔閬〕
润〔潤〕
涧〔澗〕
悯〔憫〕
娴〔嫻〕
阈〔閾〕
阉〔閹〕
阊〔閶〕
阌〔閿〕
阇〔闍〕
阎〔閻〕
阏〔閼〕
阐〔闡〕
焖〔燜〕

搁〔擱〕
痫〔癇〕
阑〔闌〕
阔〔闊〕
阕〔闋〕
裥〔襇〕
简〔簡〕
阖〔闔〕
阗〔闐〕
阙〔闕〕
蔺〔藺〕
阚〔闞〕
澜〔瀾〕
斓〔斕〕
㘎〔㘚〕
躏〔躪〕

### 义

仪〔儀〕
蚁〔蟻〕

### 马

冯〔馮〕
驭〔馭〕
吗〔嗎〕
犸〔獁〕
妈〔媽〕
驮〔馱〕
驯〔馴〕
驰〔馳〕
玛〔瑪〕
驱〔驅〕
驳〔駁〕
驴〔驢〕
码〔碼〕
驽〔駑〕
驾〔駕〕
驵〔駔〕
驶〔駛〕
驸〔駙〕
驷〔駟〕
驹〔駒〕
驺〔騶〕
驻〔駐〕
驼〔駝〕
驿〔驛〕
骀〔駘〕
蚂〔螞〕
骂〔罵〕
笃〔篤〕
骁〔驍〕
骄〔驕〕
骅〔驊〕
骆〔駱〕
骈〔駢〕
骇〔駭〕
骊〔驪〕
骋〔騁〕
验〔驗〕
骎〔駸〕
骏〔駿〕
骐〔騏〕
骑〔騎〕
骒〔騍〕
骓〔騅〕
骖〔驂〕
骘〔騭〕
骛〔騖〕
骗〔騙〕
骚〔騷〕
骜〔驁〕
蓦〔驀〕

𫛢〔䲢〕
𫛭〔鶱〕
骝〔騮〕
骗〔騙〕
骠〔驃〕
骡〔騾〕
骢〔驄〕
羁〔羈〕
骤〔驟〕
骥〔驥〕
骧〔驤〕

**乡**

芗〔薌〕

**丰**

沣〔灃〕
艳〔艷〕
滟〔灩〕

**无**

抚〔撫〕
芜〔蕪〕
呒〔嘸〕
庑〔廡〕
怃〔憮〕
妩〔嫵〕

**韦**

伟〔偉〕
违〔違〕
韧〔韌〕
苇〔葦〕
围〔圍〕
帏〔幃〕
玮〔瑋〕
炜〔煒〕
韨〔韍〕
涠〔潿〕
韩〔韓〕
韫〔韞〕
韪〔韙〕
韬〔韜〕

**专**

传〔傳〕
抟〔摶〕
䏝〔膞〕
砖〔磚〕

**云**

芸〔蕓〕
昙〔曇〕
叆〔靉〕
叇〔靆〕

**艺**

呓〔囈〕

**历**

坜〔壢〕
苈〔藶〕
呖〔嚦〕
沥〔瀝〕
枥〔櫪〕
疬〔癧〕
雳〔靂〕

**区**

伛〔傴〕
抠〔摳〕
奁〔奩〕

呕〔嘔〕
岖〔嶇〕
沤〔漚〕
怄〔慪〕
妪〔嫗〕
枢〔樞〕
瓯〔甌〕
欧〔歐〕
殴〔毆〕
眍〔瞘〕
躯〔軀〕

## 车

轧〔軋〕
库〔庫〕
轨〔軌〕
军〔軍〕
阵〔陣〕

轩〔軒〕
连〔連〕
轫〔軔〕
库〔庫〕
匦〔匭〕
转〔轉〕
轭〔軛〕
斩〔斬〕
轮〔輪〕
软〔軟〕
郓〔鄆〕
挥〔揮〕
荤〔葷〕
砗〔硨〕
轱〔軲〕
轲〔軻〕
轳〔轤〕
轴〔軸〕

轶〔軼〕
轷〔軤〕
轸〔軫〕
轹〔轢〕
轺〔軺〕
轻〔輕〕
浑〔渾〕
恽〔惲〕
珲〔琿〕
载〔載〕
莲〔蓮〕
轼〔軾〕
轾〔輊〕
轿〔轎〕
辂〔輅〕
较〔較〕
晕〔暈〕
涟〔漣〕

琏〔璉〕
辄〔輒〕
辅〔輔〕
辆〔輛〕
堑〔塹〕
啭〔囀〕
崭〔嶄〕
渐〔漸〕
惭〔慚〕
皲〔皸〕
辇〔輦〕
辊〔輥〕
辋〔輞〕
椠〔槧〕
暂〔暫〕
辍〔輟〕
辎〔輜〕
辈〔輩〕

辉〔輝〕
裢〔褳〕
裤〔褲〕
翚〔翬〕
毂〔轂〕
辏〔輳〕
辐〔輻〕
辑〔輯〕
输〔輸〕
辔〔轡〕
辕〔轅〕
辖〔轄〕
辗〔輾〕
舆〔輿〕
撵〔攆〕
辘〔轆〕
錾〔鏨〕
辙〔轍〕
辚〔轔〕

## 冈

刚〔剛〕
㧏〔掆〕
岗〔崗〕
㭎〔棡〕

## 贝

贞〔貞〕
则〔則〕
负〔負〕
贡〔貢〕
员〔員〕
呗〔唄〕
财〔財〕
狈〔狽〕
责〔責〕
厕〔廁〕
贤〔賢〕
败〔敗〕
贩〔販〕
贬〔貶〕
贮〔貯〕
侦〔偵〕
侧〔側〕
货〔貨〕
贪〔貪〕
贫〔貧〕
贯〔貫〕
贰〔貳〕
贲〔賁〕
贳〔貰〕
贵〔貴〕
郧〔鄖〕
勋〔勛〕
帧〔幀〕
贱〔賤〕
贴〔貼〕
贶〔貺〕
贻〔貽〕
贷〔貸〕
贸〔貿〕
浈〔湞〕
测〔測〕
恻〔惻〕
费〔費〕
陨〔隕〕
贺〔賀〕
损〔損〕
赟〔贇〕
贾〔賈〕
桢〔楨〕
啧〔嘖〕

| | | | |
|---|---|---|---|
| 唢〔嗩〕 | 啧〔嘖〕 | 赐〔賜〕 | 嘤〔嚶〕 |
| 圆〔圓〕 | 帻〔幘〕 | 赒〔賙〕 | 赙〔賻〕 |
| 贼〔賊〕 | 赈〔賑〕 | 赔〔賠〕 | 罂〔罌〕 |
| 贿〔賄〕 | 婴〔嬰〕 | 赕〔賧〕 | 赚〔賺〕 |
| 赂〔賂〕 | 赊〔賒〕 | 赓〔賡〕 | 篑〔簣〕 |
| 赅〔賅〕 | 偾〔僨〕 | 愤〔憤〕 | 赛〔賽〕 |
| 赆〔贐〕 | 渍〔漬〕 | 愦〔憒〕 | 𫌀〔𧝝〕 |
| 债〔債〕 | 惯〔慣〕 | 溃〔潰〕 | 璎〔瓔〕 |
| 赁〔賃〕 | 蒇〔蕆〕 | 溅〔濺〕 | 聩〔聵〕 |
| 资〔資〕 | 蒉〔蕢〕 | 赪〔赬〕 | 䟐〔蹟〕 |
| 涢〔溳〕 | 赍〔賷〕 | 赖〔賴〕 | 樱〔櫻〕 |
| 祯〔禎〕 | 赏〔賞〕 | 碛〔磧〕 | 赝〔贋〕 |
| 琐〔瑣〕 | 喷〔噴〕 | 㱮〔殨〕 | 豮〔豶〕 |
| 掼〔摜〕 | 遗〔遺〕 | 赗〔賵〕 | 赠〔贈〕 |
| 勚〔勩〕 | 赋〔賦〕 | 腻〔膩〕 | 赟〔贇〕 |
| 匮〔匱〕 | 𧹖〔䝼〕 | 赘〔贅〕 | 獭〔獺〕 |
| 殒〔殞〕 | 赌〔賭〕 | 撄〔攖〕 | 瘿〔癭〕 |
| 赉〔賚〕 | 赎〔贖〕 | 槚〔檟〕 | 濑〔瀨〕 |

懒〔懶〕
赡〔贍〕
赢〔贏〕
癞〔癩〕
攒〔攢〕
籁〔籟〕
瓒〔瓚〕
臜〔臢〕
赣〔贛〕
趱〔趲〕
躜〔躦〕
戆〔戇〕

## 见

苋〔莧〕
觃〔覎〕
岘〔峴〕
现〔現〕
规〔規〕
枧〔梘〕
觅〔覓〕
视〔視〕
砚〔硯〕
觇〔覘〕
览〔覽〕
觉〔覺〕
蚬〔蜆〕
觊〔覬〕
笕〔筧〕
觋〔覡〕
靓〔靚〕
揽〔攬〕
搅〔攪〕
觌〔覿〕
榄〔欖〕
觎〔覦〕
窥〔窺〕
觏〔覯〕
觐〔覲〕
觑〔覷〕

## 气

忾〔愾〕

## 长

伥〔倀〕
帐〔帳〕
怅〔悵〕
张〔張〕
枨〔棖〕
胀〔脹〕
涨〔漲〕

## 从

苁〔蓯〕
枞〔樅〕
怂〔慫〕
耸〔聳〕

## 仑

伦〔倫〕
抡〔掄〕
囵〔圇〕
沦〔淪〕
⿸疒仑〔⿸疒侖〕

## 仓

伧〔傖〕
创〔創〕
抢〔搶〕
苍〔蒼〕
呛〔嗆〕

沧〔滄〕
怆〔愴〕
玱〔瑲〕
枪〔槍〕
戗〔戧〕
炝〔熗〕
疮〔瘡〕
舱〔艙〕
跄〔蹌〕

### 风

岚〔嵐〕
沨〔渢〕
枫〔楓〕
砜〔碸〕
疯〔瘋〕
飒〔颯〕
飓〔颶〕
飔〔颸〕
飕〔颼〕
飗〔飀〕
飘〔飄〕
飙〔飆〕

### 乌

邬〔鄔〕
坞〔塢〕

### 为

伪〔僞〕
沩〔溈〕
妫〔媯〕

### 队

坠〔墜〕

### 双

扨〔㩳〕

### 节

疖〔癤〕
栉〔櫛〕

### 戋

刬〔剗〕
浅〔淺〕
栈〔棧〕
残〔殘〕
盏〔盞〕
笺〔箋〕
践〔踐〕

### 龙

陇〔隴〕
拢〔攏〕
茏〔蘢〕
垄〔壟〕
咙〔嚨〕
庞〔龐〕
泷〔瀧〕
宠〔寵〕
珑〔瓏〕
栊〔櫳〕
昽〔曨〕
胧〔朧〕
砻〔礱〕
聋〔聾〕
龚〔龔〕
袭〔襲〕
笼〔籠〕
龛〔龕〕
詟〔讋〕

**东**

冻〔凍〕
陈〔陳〕
岽〔崠〕
栋〔棟〕
胨〔腖〕

**卢**

芦〔蘆〕
庐〔廬〕
垆〔壚〕
炉〔爐〕
泸〔瀘〕
栌〔櫨〕
胪〔臚〕
舻〔艫〕

**业**

邺〔鄴〕

**归**

岿〔巋〕

**尔**

迩〔邇〕
弥〔彌〕
沵〔瀰〕
祢〔禰〕
玺〔璽〕
猕〔獼〕

**乐**

泺〔濼〕
栎〔櫟〕
烁〔爍〕
砾〔礫〕

**鸟**

鸠〔鳩〕
茑〔蔦〕
鸣〔鳴〕
鸥〔鷗〕
鸦〔鴉〕
鸧〔鶬〕
鸨〔鴇〕
鸩〔鴆〕
莺〔鶯〕
鸪〔鴣〕
鸫〔鶇〕
鸬〔鸕〕
鸭〔鴨〕
鸮〔鴞〕
鸯〔鴦〕
鸰〔鴒〕
鸱〔鴟〕
鸲〔鴝〕
鸵〔鴕〕
鸳〔鴛〕
窎〔窵〕
鸶〔鷥〕
鸷〔鷙〕
鸸〔鴯〕
鹜〔鶩〕
鸹〔鴰〕
鸺〔鵂〕
鸻〔鴴〕
鸼〔鵃〕
鸽〔鴿〕
鸾〔鸞〕
䴔〔鵁〕
鸿〔鴻〕

鹁〔鵓〕
鹂〔鸝〕
鹃〔鵑〕
鹄〔鵠〕
鹅〔鵝〕
鹆〔鵒〕
鹈〔鵜〕
鹇〔鷳〕
鹉〔鵡〕
䴖〔鶄〕
鹊〔鵲〕
鹋〔鶓〕
鹌〔鵪〕
鹏〔鵬〕
鹐〔鵮〕
鹑〔鶉〕
鹒〔鶊〕
鹕〔鶘〕

䴗〔鶪〕
鹖〔鶡〕
鹗〔鶚〕
鹘〔鶻〕
鹙〔鶖〕
鹚〔鷀〕
鹛〔鶥〕
鹜〔鶩〕
䴘〔鷉〕
鹡〔鶺〕
鹞〔鷂〕
鹣〔鶼〕
鹤〔鶴〕
鹥〔鷖〕
鹦〔鸚〕
鹧〔鷓〕
鹨〔鷚〕
鹩〔鷯〕

鹪〔鷦〕
鹫〔鷲〕
鹬〔鷸〕
鹭〔鷺〕
鹰〔鷹〕
䴙〔鸊〕
鹳〔鸛〕

### 刍

㑇〔㑳〕
邹〔鄒〕
㤘〔㥮〕
皱〔皺〕
趋〔趨〕
雏〔雛〕

### 汇

㧟〔擓〕

### 宁

拧〔擰〕
咛〔嚀〕
狞〔獰〕
泞〔濘〕
柠〔檸〕
聍〔聹〕

### 写

泻〔瀉〕

### 边

笾〔籩〕

### 发

拨〔撥〕
废〔廢〕

泼〔潑〕

### 圣

柽〔檉〕
蛏〔蟶〕

### 对

怼〔懟〕

### 动

恸〔慟〕

### 执

垫〔墊〕
挚〔摯〕
蛰〔蟄〕
絷〔縶〕

### 亚

垭〔埡〕
挜〔掗〕
垩〔堊〕
哑〔啞〕
娅〔婭〕
恶〔惡〕
噁〔噁〕
氩〔氬〕
壶〔壺〕

### 过

挝〔撾〕

### 厌

恹〔懨〕
厣〔厴〕
靥〔靨〕
魇〔魘〕
餍〔饜〕
黡〔黶〕

### 页

顶〔頂〕
顷〔頃〕
顸〔頇〕
项〔項〕
顺〔順〕
须〔須〕
顼〔頊〕
顽〔頑〕
顿〔頓〕
倾〔傾〕
颀〔頎〕
颁〔頒〕
颂〔頌〕
颃〔頏〕
烦〔煩〕
预〔預〕
硕〔碩〕
颅〔顱〕
领〔領〕
庼〔廎〕
颇〔頗〕
颈〔頸〕
颉〔頡〕
颊〔頰〕
颋〔頲〕
颌〔頜〕
颍〔潁〕
颏〔頦〕
颐〔頤〕
蓣〔蕷〕
频〔頻〕

颓〔頹〕
颔〔頷〕
颖〔穎〕
滪〔澦〕
颗〔顆〕
撷〔擷〕
题〔題〕
颙〔顒〕
颛〔顓〕
颜〔顏〕
额〔額〕
颞〔顳〕
颠〔顛〕
濒〔瀕〕
颡〔顙〕
颢〔顥〕
嚣〔囂〕
巅〔巔〕
颤〔顫〕
颥〔顬〕
颦〔顰〕
癫〔癲〕
灏〔灝〕
颧〔顴〕

## 达

挞〔撻〕
哒〔噠〕
𬇙〔澾〕
鞑〔韃〕

## 夹

郏〔郟〕
侠〔俠〕
陕〔陝〕
挟〔挾〕
荚〔莢〕
峡〔峽〕
狭〔狹〕
浃〔浹〕
硖〔硤〕
惬〔愜〕
蛱〔蛺〕
箧〔篋〕
瘗〔瘞〕

## 尧

侥〔僥〕
挠〔撓〕
荛〔蕘〕
哓〔嘵〕
峣〔嶢〕
浇〔澆〕
娆〔嬈〕
桡〔橈〕
晓〔曉〕
烧〔燒〕
硗〔磽〕
翘〔翹〕
蛲〔蟯〕
跷〔蹺〕

## 毕

荜〔蓽〕
哔〔嗶〕
筚〔篳〕
跸〔蹕〕

## 师

狮〔獅〕
浉〔溮〕
蛳〔螄〕

筛〔篩〕

### 当

挡〔擋〕
档〔檔〕
裆〔襠〕

### 虫

蛊〔蠱〕

### 岁

刿〔劌〕
哕〔噦〕
秽〔穢〕

### 岂

剀〔剴〕
凯〔凱〕
垲〔塏〕
恺〔愷〕
桤〔榿〕
硙〔磑〕
皑〔皚〕

### 迁

跹〔躚〕

### 乔

侨〔僑〕
挢〔撟〕
荞〔蕎〕
峤〔嶠〕
娇〔嬌〕
桥〔橋〕
硚〔礄〕
矫〔矯〕
轿〔轎〕

### 华

哗〔嘩〕
桦〔樺〕
晔〔曄〕
烨〔燁〕

### 会

侩〔儈〕
刽〔劊〕
郐〔鄶〕
荟〔薈〕
哙〔噲〕
狯〔獪〕
浍〔澮〕
桧〔檜〕
脍〔膾〕

### 杀

铩〔鎩〕

### 刘

浏〔瀏〕

### 齐

侪〔儕〕
剂〔劑〕
挤〔擠〕
济〔濟〕
脐〔臍〕
跻〔躋〕
霁〔霽〕
齑〔齏〕

### 产

浐〔滻〕
萨〔薩〕

**农**

侬〔儂〕
哝〔噥〕
浓〔濃〕
脓〔膿〕

**寻**

挦〔撏〕
荨〔蕁〕
浔〔潯〕

**尽**

荩〔藎〕
浕〔濜〕
烬〔燼〕

**孙**

荪〔蓀〕
狲〔猻〕
逊〔遜〕

**阴**

荫〔蔭〕

**买**

荬〔蕒〕

**寿**

俦〔儔〕
涛〔濤〕
焘〔燾〕
祷〔禱〕
畴〔疇〕
筹〔籌〕
踌〔躊〕

**麦**

唛〔嘜〕
麸〔麩〕

**进**

琎〔璡〕

**壳**

悫〔慤〕

**严**

俨〔儼〕
酽〔釅〕

**两**

俩〔倆〕
唡〔啢〕
满〔滿〕
瞒〔瞞〕
螨〔蟎〕
魉〔魎〕
蹒〔蹣〕
懑〔懣〕

**丽**

郦〔酈〕
俪〔儷〕
逦〔邐〕
酾〔釃〕

**来**

莱〔萊〕
崃〔崍〕

徕〔徠〕
涞〔淶〕
睐〔睞〕

**卤**

鹾〔鹺〕

**时**

埘〔塒〕
莳〔蒔〕

**佥**

俭〔儉〕
剑〔劍〕
险〔險〕
捡〔撿〕
猃〔獫〕
检〔檢〕
殓〔殮〕
敛〔斂〕
脸〔臉〕
睑〔瞼〕
裣〔襝〕
签〔簽〕
蔹〔蘞〕
潋〔瀲〕

**龟**

阄〔鬮〕

**犹**

莸〔蕕〕

**条**

涤〔滌〕

**穷**

䓖〔藭〕

**灵**

棂〔欞〕

**画**

婳〔嫿〕

**卖**

渎〔瀆〕
椟〔櫝〕
犊〔犢〕
牍〔牘〕
窦〔竇〕
黩〔黷〕

**齿**

龀〔齔〕
啮〔嚙〕
龃〔齟〕
龄〔齡〕
龅〔齙〕
龆〔齠〕
龇〔齜〕
龈〔齦〕
龉〔齬〕
龊〔齪〕
龋〔齲〕
龌〔齷〕

**虏**

掳〔擄〕

**国**

掴〔摑〕

帼〔幗〕
腘〔膕〕
蝈〔蟈〕

## 黾

渑〔澠〕
鼋〔黿〕
蝇〔蠅〕
鼍〔鼉〕

## 罗

萝〔蘿〕
逻〔邏〕
猡〔玀〕
椤〔欏〕
箩〔籮〕

## 质

踬〔躓〕

## 鱼

鱽〔魛〕
渔〔漁〕
鱿〔魷〕
鲁〔魯〕
鲂〔魴〕
蓟〔薊〕
鲅〔鮁〕
鲆〔鮃〕
鲇〔鮎〕
鲈〔鱸〕
鲊〔鮓〕
稣〔穌〕
鲋〔鮒〕
䲟〔鮣〕
鲍〔鮑〕
鲏〔鮍〕
鲐〔鮐〕
鲎〔鱟〕
鲑〔鮭〕
鲒〔鮚〕
鲔〔鮪〕
鲖〔鮦〕
鲗〔鰂〕
鲙〔鱠〕
鲚〔鱭〕
鲛〔鮫〕
鲜〔鮮〕
鲟〔鱘〕
鲞〔鯗〕
噜〔嚕〕
鲠〔鯁〕
鲡〔鱺〕
鲢〔鰱〕
鲣〔鰹〕
鲥〔鰣〕
鲤〔鯉〕
鲦〔鰷〕
鲧〔鯀〕
鲩〔鯇〕
鲫〔鯽〕
鲨〔鯊〕
橹〔櫓〕
鲭〔鯖〕
鲮〔鯪〕
鲰〔鯫〕
鲱〔鯡〕
氇〔氌〕
鲲〔鯤〕
鲳〔鯧〕
鲵〔鯢〕
鲶〔鯰〕

鲷〔鯛〕
鲸〔鯨〕
鲻〔鯔〕
藓〔蘚〕
䲠〔鰆〕
鲽〔鰈〕
鲿〔鱨〕
鳃〔鰓〕
鳁〔鰛〕
鳄〔鰐〕
鳅〔鰍〕
鳆〔鰒〕
鳇〔鰉〕
䲡〔鰌〕
鳊〔鯿〕
鳌〔鰲〕
⿸虍⿰鱼攵〔⿸虍⿰魚攵〕
鳎〔鰨〕

鳍〔鰭〕
鳏〔鰥〕
鳑〔鰟〕
鳒〔鰜〕
鳖〔鱉〕
鳘〔鰵〕
鳓〔鰳〕
鳔〔鰾〕
鳕〔鱈〕
鳗〔鰻〕
鳙〔鱅〕
鳛〔鰼〕
癣〔癬〕
鳜〔鱖〕
鳝〔鱔〕
鳞〔鱗〕
鳟〔鱒〕
鳢〔鱧〕

鳣〔鱣〕

## 备

惫〔憊〕

## 郑

掷〔擲〕
踯〔躑〕

## 单

郸〔鄲〕
掸〔撣〕
惮〔憚〕
弹〔彈〕
婵〔嬋〕
殚〔殫〕
禅〔禪〕
瘅〔癉〕
蝉〔蟬〕
箪〔簞〕
蕲〔蘄〕
冁〔囅〕

## 审

婶〔嬸〕

## 肃

萧〔蕭〕
啸〔嘯〕
箫〔簫〕
潇〔瀟〕
蟏〔蠨〕

## 录

⿰钅录〔錄〕

**参**

掺〔摻〕
渗〔滲〕
惨〔慘〕
毵〔毿〕
碜〔磣〕
䅟〔穇〕
瘆〔瘮〕
糁〔糝〕

**荐**

鞯〔韉〕

**带**

滞〔滯〕

**尝**

偿〔償〕
𫪟〔嚐〕
鲿〔鱨〕

**将**

奖〔獎〕
桨〔槳〕
浆〔漿〕
蒋〔蔣〕
酱〔醬〕

**亲**

榇〔櫬〕

**娄**

偻〔僂〕
搂〔摟〕
蒌〔蔞〕
喽〔嘍〕
嵝〔嶁〕
溇〔漊〕
屡〔屢〕
楼〔樓〕
数〔數〕
䁖〔瞜〕
瘘〔瘻〕
窭〔窶〕
褛〔褸〕
耧〔耬〕
蝼〔螻〕
篓〔簍〕
屦〔屨〕
擞〔擻〕
薮〔藪〕
髅〔髏〕

**举**

榉　櫸

**聂**

摄〔攝〕
嗫〔囁〕
滠〔灄〕
慑〔懾〕
蹑〔躡〕

**虑**

摅〔攄〕
滤〔濾〕

**监**

蓝〔藍〕
尴〔尷〕
滥〔濫〕
槛〔檻〕

褴〔襤〕
篮〔籃〕

### 党
傥〔儻〕

### 罢
摆〔擺〕
䙓〔襬〕
罴〔羆〕
䆉〔穲〕

### 笔
滗〔潷〕

### 爱
嗳〔噯〕
嫒〔嬡〕
瑷〔璦〕
暧〔曖〕

### 离
漓〔灕〕
篱〔籬〕

### 宾
傧〔儐〕
摈〔擯〕
滨〔濱〕
嫔〔嬪〕
槟〔檳〕
殡〔殯〕
膑〔臏〕
髌〔髕〕
鬓〔鬢〕

### 难
傩〔儺〕
摊〔攤〕
滩〔灘〕
瘫〔癱〕

### 啬
墙〔墻〕
蔷〔薔〕
嫱〔嬙〕
樯〔檣〕
穑〔穡〕

### 断
簖〔籪〕

### 隐
瘾〔癮〕

### 窜
撺〔攛〕
蹿〔躥〕

### 属
嘱〔囑〕
瞩〔矚〕

### 献
谳〔讞〕

## 步驟四：(表四) 都是可類推活用的偏旁用字，相信有了步驟三的經驗，您已經迫不及待想背下它們了！

### 2 畫

讠〔言〕

### 3 畫

纟〔糸〕

饣〔食〕

𠃓〔昜〕

### 4 畫

収〔臤〕

宀一〔宁〕

### 5 畫

𢀖〔巠〕

𫇧〔𤇾〕

只〔戠〕

𠬤〔睪〕

𭕄〔𦥯〕

〢𠂉〔臨〕

钅〔金〕

### 6 畫

亦〔䜌〕

### 7 畫

呙〔咼〕

## 步驟五：通過了這關的考驗，您將是簡體字高手囉！

| | | | |
|---|---|---|---|
| 讠 | 讷〔訥〕 | 诊〔診〕 | 诞〔誕〕 |
| 订〔訂〕 | 许〔許〕 | 诋〔詆〕 | 诟〔詬〕 |
| 计〔計〕 | 讹〔訛〕 | 诌〔謅〕 | 诠〔詮〕 |
| 讣〔訃〕 | 论〔論〕 | 词〔詞〕 | 诡〔詭〕 |
| 讥〔譏〕 | 讻〔訩〕 | 诎〔詘〕 | 询〔詢〕 |
| 讦〔訐〕 | 讼〔訟〕 | 诏〔詔〕 | 诣〔詣〕 |
| 讧〔訌〕 | 讽〔諷〕 | 译〔譯〕 | 诤〔諍〕 |
| 讨〔討〕 | 设〔設〕 | 诒〔詒〕 | 该〔該〕 |
| 讪〔訕〕 | 访〔訪〕 | 诓〔誆〕 | 详〔詳〕 |
| 讫〔訖〕 | 诀〔訣〕 | 诔〔誄〕 | 诧〔詫〕 |
| 训〔訓〕 | 诂〔詁〕 | 试〔試〕 | 诨〔諢〕 |
| 议〔議〕 | 诃〔訶〕 | 诖〔詿〕 | 诩〔詡〕 |
| 讯〔訊〕 | 评〔評〕 | 诗〔詩〕 | 罚〔罰〕 |
| 记〔記〕 | 诅〔詛〕 | 诘〔詰〕 | 狱〔獄〕 |
| 讳〔諱〕 | 识〔識〕 | 诙〔詼〕 | 浒〔滸〕 |
| 讴〔謳〕 | 诇〔詗〕 | 诚〔誠〕 | 诫〔誡〕 |
| 讵〔詎〕 | 诈〔詐〕 | 诛〔誅〕 | 诬〔誣〕 |
| 讶〔訝〕 | 诉〔訴〕 | 话〔話〕 | 语〔語〕 |

| | | | |
|---|---|---|---|
| 诮〔誚〕 | 谀〔諛〕 | 谒〔謁〕 | 谤〔謗〕 |
| 误〔誤〕 | 谁〔誰〕 | 谓〔謂〕 | 谥〔謚〕 |
| 诰〔誥〕 | 谂〔諗〕 | 谔〔諤〕 | 谦〔謙〕 |
| 诱〔誘〕 | 调〔調〕 | 谕〔諭〕 | 谧〔謐〕 |
| 诲〔誨〕 | 谄〔諂〕 | 谖〔諼〕 | 谨〔謹〕 |
| 诳〔誑〕 | 谅〔諒〕 | 谘〔諮〕 | 谩〔謾〕 |
| 说〔說〕 | 谆〔諄〕 | 谙〔諳〕 | 谪〔謫〕 |
| 诵〔誦〕 | 谇〔誶〕 | 谚〔諺〕 | 谫〔譾〕 |
| 诶〔誒〕 | 谈〔談〕 | 谛〔諦〕 | 谬〔謬〕 |
| 请〔請〕 | 谊〔誼〕 | 谜〔謎〕 | 蔼〔藹〕 |
| 诸〔諸〕 | 谉〔讅〕 | 谝〔諞〕 | 槠〔櫧〕 |
| 诹〔諏〕 | 谌〔諶〕 | 谞〔諝〕 | 谭〔譚〕 |
| 诺〔諾〕 | 谋〔謀〕 | 储〔儲〕 | 谮〔譖〕 |
| 诼〔諑〕 | 谍〔諜〕 | 谟〔謨〕 | 谯〔譙〕 |
| 读〔讀〕 | 谎〔謊〕 | 谠〔讜〕 | 谰〔讕〕 |
| 诽〔誹〕 | 谏〔諫〕 | 谡〔謖〕 | 谱〔譜〕 |
| 课〔課〕 | 谐〔諧〕 | 谢〔謝〕 | 谲〔譎〕 |
| 诿〔諉〕 | 谑〔謔〕 | 谣〔謠〕 | 谳〔讞〕 |

谴〔譴〕
谵〔譫〕
辩〔辯〕
雠〔讎〕
霭〔靄〕
谶〔讖〕

## 纟

纠〔糾〕
丝〔絲〕
纡〔紆〕
红〔紅〕
纣〔紂〕
纥〔紇〕
纨〔紈〕
约〔約〕
级〔級〕
纩〔纊〕

纪〔紀〕
纫〔紉〕
纬〔緯〕
纭〔紜〕
纯〔純〕
纰〔紕〕
纱〔紗〕
纲〔綱〕
纳〔納〕
纴〔紝〕
纵〔縱〕
纶〔綸〕
纷〔紛〕
纸〔紙〕
纹〔紋〕
纻〔紵〕
纺〔紡〕
纼〔紖〕

纽〔紐〕
纾〔紓〕
咝〔噝〕
线〔綫〕
绀〔紺〕
绁〔紲〕
绂〔紱〕
组〔組〕
绅〔紳〕
䌷〔紬〕
细〔細〕
终〔終〕
织〔織〕
绉〔縐〕
绊〔絆〕
绋〔紼〕
绌〔絀〕
绍〔紹〕

绎〔繹〕
经〔經〕
绐〔紿〕
荭〔葒〕
荮〔葤〕
哟〔喲〕
绑〔綁〕
绒〔絨〕
结〔結〕
绕〔繞〕
绖〔絰〕
绘〔繪〕
绞〔絞〕
统〔統〕
绗〔絎〕
给〔給〕
绚〔絢〕
绛〔絳〕

表五：由（表四）類推出來的簡體字群

| | | | |
|---|---|---|---|
| 络〔絡〕 | 绳〔繩〕 | 缇〔緹〕 | 缝〔縫〕 |
| 绝〔絕〕 | 维〔維〕 | 缈〔緲〕 | 缞〔縗〕 |
| 莼〔蒓〕 | 绵〔綿〕 | 缉〔緝〕 | 缟〔縞〕 |
| 绠〔綆〕 | 绶〔綬〕 | 缊〔縕〕 | 缡〔縭〕 |
| 绡〔綃〕 | 绷〔綳〕 | 缌〔緦〕 | 缢〔縊〕 |
| 绢〔絹〕 | 绸〔綢〕 | 缎〔緞〕 | 缣〔縑〕 |
| 绣〔綉〕 | 绺〔綹〕 | 缑〔緱〕 | 缤〔繽〕 |
| 绥〔綏〕 | 绻〔綣〕 | 缓〔緩〕 | 潍〔濰〕 |
| 绦〔縧〕 | 综〔綜〕 | 缒〔縋〕 | 缥〔縹〕 |
| 绨〔綈〕 | 绽〔綻〕 | 缔〔締〕 | 缦〔縵〕 |
| 绩〔績〕 | 绾〔綰〕 | 缕〔縷〕 | 缧〔縲〕 |
| 绪〔緒〕 | 绿〔綠〕 | 编〔編〕 | 缨〔纓〕 |
| 绫〔綾〕 | 缁〔緇〕 | 缗〔緡〕 | 缩〔縮〕 |
| 续〔續〕 | 缂〔緙〕 | 缘〔緣〕 | 缪〔繆〕 |
| 绮〔綺〕 | 缃〔緗〕 | 缙〔縉〕 | 缫〔繅〕 |
| 绯〔緋〕 | 缄〔緘〕 | 缜〔縝〕 | 蕴〔蘊〕 |
| 绰〔綽〕 | 缅〔緬〕 | 缚〔縛〕 | 缬〔纈〕 |
| 绲〔緄〕 | 缆〔纜〕 | 缛〔縟〕 | 缭〔繚〕 |

缮〔繕〕
缯〔繒〕
橼〔櫞〕
缰〔繮〕
缱〔繾〕
缲〔繰〕
缳〔繯〕
缴〔繳〕
辫〔辮〕
缵〔纘〕

## 饣

饥〔饑〕
饦〔飥〕
饧〔餳〕
饨〔飩〕
饩〔餼〕
饪〔飪〕
饫〔飫〕
饬〔飭〕
饭〔飯〕
饮〔飲〕
饯〔餞〕
饰〔飾〕
饱〔飽〕
饲〔飼〕
饳〔飿〕
饴〔飴〕
饵〔餌〕
饶〔饒〕
蚀〔蝕〕
饷〔餉〕
饸〔餄〕
饹〔餎〕
饺〔餃〕
饻〔餏〕
饼〔餅〕
饽〔餑〕
饿〔餓〕
馁〔餒〕
馃〔餜〕
馄〔餛〕
馅〔餡〕
馆〔館〕
馉〔餶〕
馈〔饋〕
馇〔餷〕
馊〔餿〕
馎〔餺〕
馍〔饃〕
馏〔餾〕
馐〔饈〕
馑〔饉〕
馒〔饅〕
馓〔饊〕
馔〔饌〕
馕〔饢〕

## 𠃓

扬〔揚〕
场〔場〕
汤〔湯〕
杨〔楊〕
旸〔暘〕
肠〔腸〕
炀〔煬〕
砀〔碭〕
畅〔暢〕
疡〔瘍〕
荡〔蕩〕
殇〔殤〕
烫〔燙〕

觞〔觴〕

〢又

坚〔堅〕
肾〔腎〕
竖〔豎〕
紧〔緊〕
悭〔慳〕

宀一

伫〔佇〕
苎〔苧〕

𢀖

陉〔陘〕
刭〔剄〕
劲〔勁〕
茎〔莖〕
径〔徑〕
泾〔涇〕
氢〔氫〕
胫〔脛〕
烃〔烴〕
痉〔痙〕
羟〔羥〕
巯〔巰〕

艹冖

劳〔勞〕
茔〔塋〕
茕〔煢〕
荣〔榮〕
荥〔滎〕
荦〔犖〕
荧〔熒〕
捞〔撈〕
莹〔瑩〕
唠〔嘮〕
崂〔嶗〕
涝〔澇〕
萤〔螢〕
营〔營〕
萦〔縈〕
嵘〔嶸〕
痨〔癆〕
耢〔耮〕
蝾〔蠑〕

只

帜〔幟〕
炽〔熾〕
职〔職〕

𠬤

择〔擇〕
峄〔嶧〕
泽〔澤〕
怿〔懌〕
萚〔蘀〕
释〔釋〕
箨〔籜〕

⺍

峃〔嶨〕
学〔學〕
喾〔嚳〕
黉〔黌〕

〢𠂉

鉴〔鑒〕

钅

| | | | |
|---|---|---|---|
| 钆〔釓〕 | 钙〔鈣〕 | 钮〔鈕〕 | 铃〔鈴〕 |
| 钇〔釔〕 | 钚〔鈈〕 | 钯〔鈀〕 | 铄〔鑠〕 |
| 针〔針〕 | 钛〔鈦〕 | 钰〔鈺〕 | 铅〔鉛〕 |
| 钉〔釘〕 | 𨱔〔釾〕 | 钱〔錢〕 | 铆〔鉚〕 |
| 钊〔釗〕 | 钝〔鈍〕 | 钲〔鉦〕 | 铈〔鈰〕 |
| 钋〔釙〕 | 钞〔鈔〕 | 钳〔鉗〕 | 铉〔鉉〕 |
| 钌〔釕〕 | 钡〔鋇〕 | 钴〔鈷〕 | 铊〔鉈〕 |
| 钍〔釷〕 | 钢〔鋼〕 | 钵〔鉢〕 | 铋〔鉍〕 |
| 钎〔釬〕 | 钠〔鈉〕 | 钶〔鈳〕 | 铌〔鈮〕 |
| 钏〔釧〕 | 钦〔欽〕 | 钷〔鉕〕 | 铍〔鈹〕 |
| 钐〔釤〕 | 钧〔鈞〕 | 钹〔鈸〕 | 䥽〔鏺〕 |
| 钓〔釣〕 | 钤〔鈐〕 | 钺〔鉞〕 | 铎〔鐸〕 |
| 钒〔釩〕 | 钨〔鎢〕 | 钼〔鉬〕 | 铏〔鉶〕 |
| 钔〔鍆〕 | 钩〔鈎〕 | 钽〔鉭〕 | 铐〔銬〕 |
| 钕〔釹〕 | 钪〔鈧〕 | 钾〔鉀〕 | 铑〔銠〕 |
| 钖〔鍚〕 | 钫〔鈁〕 | 铀〔鈾〕 | 铒〔鉺〕 |
| 钗〔釵〕 | 钬〔鈥〕 | 钿〔鈿〕 | 铓〔鋩〕 |
| 钘〔鈃〕 | 钭〔鈄〕 | 铂〔鉑〕 | 铕〔銪〕 |

| | | | |
|---|---|---|---|
| 铗〔鋏〕 | 铭〔銘〕 | 链〔鏈〕 | 锒〔鋃〕 |
| 铙〔鐃〕 | 铬〔鉻〕 | 铿〔鏗〕 | 锓〔鋟〕 |
| 铛〔鐺〕 | 铮〔錚〕 | 销〔銷〕 | 锕〔錒〕 |
| 铝〔鋁〕 | 铯〔銫〕 | 锁〔鎖〕 | 锗〔鍺〕 |
| 铜〔銅〕 | 铰〔鉸〕 | 锃〔鋥〕 | 错〔錯〕 |
| 铞〔銱〕 | 铱〔銥〕 | 锄〔鋤〕 | 锘〔鍩〕 |
| 铟〔銦〕 | 铲〔鏟〕 | 锂〔鋰〕 | 锚〔錨〕 |
| 铠〔鎧〕 | 铳〔銃〕 | 锅〔鍋〕 | 锛〔錛〕 |
| 铡〔鍘〕 | 铵〔銨〕 | 锆〔鋯〕 | 锝〔鍀〕 |
| 铢〔銖〕 | 银〔銀〕 | 锇〔鋨〕 | 锞〔錁〕 |
| 铣〔銑〕 | 铷〔銣〕 | 锈〔銹〕 | 锟〔錕〕 |
| 铥〔銩〕 | 衔〔銜〕 | 锉〔銼〕 | 锡〔錫〕 |
| 铤〔鋌〕 | 嵚〔嶔〕 | 锋〔鋒〕 | 锢〔錮〕 |
| 铧〔鏵〕 | 铸〔鑄〕 | 锌〔鋅〕 | 锣〔鑼〕 |
| 铨〔銓〕 | 铹〔鐒〕 | 锎〔鐦〕 | 锤〔錘〕 |
| 铩〔鎩〕 | 铺〔鋪〕 | 锏〔鐧〕 | 锥〔錐〕 |
| 铪〔鉿〕 | 铼〔錸〕 | 锐〔銳〕 | 锦〔錦〕 |
| 铫〔銚〕 | 铽〔鋱〕 | 锑〔銻〕 | 锧〔鑕〕 |

锨〔鍁〕
锫〔錇〕
锭〔錠〕
键〔鍵〕
锯〔鋸〕
锰〔錳〕
锱〔錙〕
锲〔鍥〕
锴〔鍇〕
锶〔鍶〕
锷〔鍔〕
锹〔鍬〕
锸〔鍤〕
锻〔鍛〕
锼〔鎪〕
锾〔鍰〕
锵〔鏘〕
锿〔鎄〕
镀〔鍍〕
镁〔鎂〕
镂〔鏤〕
镃〔鎡〕
镄〔鐨〕
镅〔鎇〕
镊〔鑷〕
镇〔鎮〕
镉〔鎘〕
镋〔钂〕
镌〔鐫〕
镍〔鎳〕
镎〔鎿〕
镏〔鎦〕
镐〔鎬〕
镑〔鎊〕
镒〔鎰〕
镓〔鎵〕
镔〔鑌〕
锗〔鍺〕
镖〔鏢〕
镗〔鏜〕
镘〔鏝〕
镚〔鏰〕
镛〔鏞〕
镜〔鏡〕
镝〔鏑〕
镞〔鏃〕
镢〔鐝〕
镣〔鐐〕
镤〔鏷〕
镥〔鑥〕
镦〔鐓〕
镧〔鑭〕
𫓹〔鐥〕
镨〔鐠〕
镩〔鑹〕
镪〔鏹〕
镫〔鐙〕
镬〔鑊〕
镭〔鐳〕
镮〔鐶〕
镯〔鐲〕
镰〔鐮〕
镱〔鐿〕
镲〔鑔〕
镳〔鑣〕
镴〔鑞〕
镶〔鑲〕
𫔎〔钁〕

## 亦

变〔變〕
峦〔巒〕

弯〔彎〕
孪〔孿〕
娈〔孌〕
栾〔欒〕
挛〔攣〕
恋〔戀〕
蛮〔蠻〕
脔〔臠〕
湾〔灣〕
滦〔灤〕
銮〔鑾〕

### 呙

剐〔剮〕
埚〔堝〕
莴〔萵〕
㖞〔喎〕
涡〔渦〕
娲〔媧〕
脶〔腡〕
祸〔禍〕
窝〔窩〕
蜗〔蝸〕

## 【主編再次叮嚀】

**學習簡繁體字的轉變，「類推」是應用的大原則，但也不能全面的隨意類推喔！**

在簡繁體字的轉變中，有些字是一定可以類推的，如：義簡化爲「义」，則儀、議、蟻等都可以類推作仪、议、蚁等。

但有些則不能隨意類推，如：練簡化爲「练」，則揀和煉也可以類推作拣和炼，而柬單獨成字時不得簡化爲「东」，又如：闌、瀾、諫等，只能簡化爲阑、澜、谏等，不能類推。再如：盧簡化爲「卢」，則鱸、壚、艫、櫨、瀘等可以類推成鲈、垆、舻、栌、泸等，但有些卻只能將盧簡化爲「户」，如：蘆、廬、爐簡化成芦、庐、炉，不能類推。再如：溝簡化爲「沟」，可以類推者有購、構簡化爲购、构，而媾、篝、覯等卻不能簡化。這種不能類推的現象，確實是讀者們學習簡繁體轉變過程中的一大難題，請大家特別注意。

# 簡體字查繁體字

## 2 畫

厂〔廠〕
卜〔蔔〕
儿〔兒〕
几〔幾〕
了〔瞭〕

## 3 畫

干〔乾〕
干〔幹〕
亏〔虧〕
才〔纔〕
万〔萬〕
与〔與〕
千〔韆〕
亿〔億〕
个〔個〕
么〔麼〕
广〔廣〕
门〔門〕
义〔義〕
卫〔衛〕
飞〔飛〕
习〔習〕
马〔馬〕
乡〔鄉〕

## 4 畫

【一】

丰〔豐〕
开〔開〕
无〔無〕
韦〔韋〕
专〔專〕
云〔雲〕
艺〔藝〕
扎〔紥〕
扎〔紮〕
厅〔廳〕
历〔歷〕
历〔曆〕
区〔區〕
巨〔鉅〕
车〔車〕

【丨】

冈〔岡〕
贝〔貝〕
见〔見〕

【丿】

气〔氣〕
升〔陞〕
升〔昇〕
长〔長〕
仆〔僕〕
币〔幣〕
从〔從〕
仑〔侖〕
凶〔兇〕
仓〔倉〕
风〔風〕
仅〔僅〕
凤〔鳳〕
乌〔烏〕

【丶】

闩〔閂〕
为〔爲〕
斗〔鬥〕
忆〔憶〕
订〔訂〕
计〔計〕
讣〔訃〕
认〔認〕

讥〔譏〕

【乛】

丑〔醜〕
队〔隊〕
办〔辦〕
邓〔鄧〕
劝〔勸〕
双〔雙〕
书〔書〕

## 5 畫

【一】

击〔擊〕
戋〔戔〕
扑〔撲〕
节〔節〕
术〔術〕
札〔劄〕
札〔劄〕
龙〔龍〕
厉〔厲〕
布〔佈〕
灭〔滅〕
东〔東〕
轧〔軋〕

【丨】

占〔佔〕
卢〔盧〕
业〔業〕
旧〔舊〕
帅〔帥〕
归〔歸〕
叶〔葉〕
号〔號〕
电〔電〕
只〔隻〕
只〔祇〕
叽〔嘰〕
叹〔嘆〕

【丿】

们〔們〕
仪〔儀〕
丛〔叢〕
尔〔爾〕
乐〔樂〕
处〔處〕
冬〔鼕〕
鸟〔鳥〕
务〔務〕
刍〔芻〕
饥〔饑〕
饥〔飢〕

【丶】

邝〔鄺〕
冯〔馮〕
闪〔閃〕
兰〔蘭〕
汇〔匯〕
汇〔彙〕
头〔頭〕
汉〔漢〕
宁〔寧〕
它〔牠〕
讦〔訐〕
讧〔訌〕
讨〔討〕
写〔寫〕
让〔讓〕
礼〔禮〕
讪〔訕〕
讫〔訖〕
训〔訓〕

议〔議〕
讯〔訊〕
记〔記〕

【乛】

辽〔遼〕
边〔邊〕
出〔齣〕
发〔發〕
发〔髮〕
圣〔聖〕
对〔對〕
台〔臺〕
台〔檯〕
台〔颱〕
纠〔糾〕
驭〔馭〕
丝〔絲〕

## 6 畫

【一】

玑〔璣〕
动〔動〕
执〔執〕
巩〔鞏〕
圹〔壙〕
扩〔擴〕
扪〔捫〕
扫〔掃〕
扬〔揚〕
场〔場〕
亚〔亞〕
芗〔薌〕
朴〔樸〕
机〔機〕
权〔權〕
过〔過〕
协〔協〕
压〔壓〕
厌〔厭〕
厍〔厙〕
页〔頁〕
夸〔誇〕
夺〔奪〕
达〔達〕
夹〔夾〕
轨〔軌〕
尧〔堯〕
划〔劃〕
迈〔邁〕
毕〔畢〕

【丨】

贞〔貞〕
师〔師〕
尘〔塵〕
当〔當〕
当〔噹〕
吁〔籲〕
吓〔嚇〕
虫〔蟲〕
曲〔麯〕
团〔團〕
团〔糰〕
吗〔嗎〕
屿〔嶼〕
岁〔歲〕
回〔迴〕
岂〔豈〕
则〔則〕
刚〔剛〕
网〔網〕

【丿】

钆〔釓〕

钇〔釔〕
朱〔硃〕
迁〔遷〕
乔〔喬〕
伫〔佇〕
伟〔偉〕
传〔傳〕
伛〔傴〕
优〔優〕
伤〔傷〕
伥〔倀〕
价〔價〕
伦〔倫〕
伧〔傖〕
华〔華〕
伙〔夥〕
伪〔僞〕
向〔嚮〕
后〔後〕
会〔會〕
杀〔殺〕
合〔閤〕
众〔眾〕
爷〔爺〕
伞〔傘〕
创〔創〕
杂〔雜〕
负〔負〕
犷〔獷〕
犸〔獁〕
凫〔鳧〕
邬〔鄔〕
饦〔飥〕
饧〔餳〕

【丶】

壮〔壯〕
冲〔衝〕
妆〔妝〕
庄〔莊〕
庆〔慶〕
刘〔劉〕
齐〔齊〕
产〔產〕
闭〔閉〕
问〔問〕
闯〔闖〕
关〔關〕
灯〔燈〕
汤〔湯〕
忏〔懺〕
兴〔興〕
讲〔講〕
讳〔諱〕
讴〔謳〕
军〔軍〕
讵〔詎〕
讶〔訝〕
讷〔訥〕
许〔許〕
讹〔訛〕
䜣〔訢〕
论〔論〕
讻〔訩〕
讼〔訟〕
讽〔諷〕
农〔農〕
设〔設〕
访〔訪〕
诀〔訣〕

【乛】

寻〔尋〕
异〔異〕

尽〔盡〕
尽〔儘〕
导〔導〕
孙〔孫〕
阵〔陣〕
阳〔陽〕
阶〔階〕
阴〔陰〕
妇〔婦〕
妈〔媽〕
戏〔戲〕
观〔觀〕
欢〔歡〕
买〔買〕
纡〔紆〕
红〔紅〕
纣〔紂〕
驮〔馱〕

纤〔縴〕
纤〔纖〕
纥〔紇〕
驯〔馴〕
纨〔紈〕
约〔約〕
级〔級〕
纩〔纊〕
纪〔紀〕
驰〔馳〕
纫〔紉〕

## 7 畫

### 【一】

寿〔壽〕
麦〔麥〕
玛〔瑪〕
进〔進〕

远〔遠〕
违〔違〕
韧〔韌〕
刬〔剗〕
运〔運〕
抚〔撫〕
坛〔壇〕
坛〔罎〕
抟〔摶〕
坏〔壞〕
抠〔摳〕
坜〔壢〕
扰〔擾〕
坝〔壩〕
贡〔貢〕
㧏〔掆〕
折〔摺〕
抡〔掄〕

抢〔搶〕
坞〔塢〕
坟〔墳〕
护〔護〕
壳〔殼〕
块〔塊〕
声〔聲〕
报〔報〕
拟〔擬〕
㧐〔㩳〕
苎〔苧〕
芜〔蕪〕
苇〔葦〕
芸〔蕓〕
苈〔藶〕
苋〔莧〕
苁〔蓯〕
苍〔蒼〕

| | | | |
|---|---|---|---|
| 严〔嚴〕 | 轩〔軒〕 | 旷〔曠〕 | 岘〔峴〕 |
| 芦〔蘆〕 | 连〔連〕 | 围〔圍〕 | 帐〔帳〕 |
| 劳〔勞〕 | 轫〔軔〕 | 吨〔噸〕 | 岚〔嵐〕 |
| 克〔剋〕 | 【丨】 | 旸〔暘〕 | 【丿】 |
| 苏〔蘇〕 | 卤〔鹵〕 | 邮〔郵〕 | 针〔針〕 |
| 苏〔囌〕 | 卤〔滷〕 | 困〔睏〕 | 钉〔釘〕 |
| 极〔極〕 | 邺〔鄴〕 | 员〔員〕 | 钊〔釗〕 |
| 杨〔楊〕 | 坚〔堅〕 | 呗〔唄〕 | 钌〔釕〕 |
| 两〔兩〕 | 时〔時〕 | 听〔聽〕 | 乱〔亂〕 |
| 丽〔麗〕 | 呒〔嘸〕 | 呛〔嗆〕 | 体〔體〕 |
| 医〔醫〕 | 县〔縣〕 | 呜〔嗚〕 | 佣〔傭〕 |
| 励〔勵〕 | 里〔裏〕 | 别〔彆〕 | 㑇〔㑳〕 |
| 还〔還〕 | 呓〔囈〕 | 财〔財〕 | 彻〔徹〕 |
| 矶〔磯〕 | 呆〔獃〕 | 囵〔圇〕 | 余〔餘〕 |
| 奁〔奩〕 | 呆〔騃〕 | 觃〔覎〕 | 佥〔僉〕 |
| 歼〔殲〕 | 呕〔嘔〕 | 帏〔幃〕 | 谷〔穀〕 |
| 来〔來〕 | 园〔園〕 | 岖〔嶇〕 | 邻〔鄰〕 |
| 欤〔歟〕 | 呖〔嚦〕 | 岗〔崗〕 | 肠〔腸〕 |

| | | | |
|---|---|---|---|
| 龟〔龜〕 | 状〔狀〕 | 炀〔煬〕 | 穷〔窮〕 |
| 犹〔猶〕 | 亩〔畝〕 | 沣〔灃〕 | 证〔證〕 |
| 狈〔狽〕 | 庑〔廡〕 | 沤〔漚〕 | 诂〔詁〕 |
| 鸠〔鳩〕 | 床〔牀〕 | 沥〔瀝〕 | 诃〔訶〕 |
| 条〔條〕 | 库〔庫〕 | 沦〔淪〕 | 启〔啓〕 |
| 岛〔島〕 | 疖〔癤〕 | 沧〔滄〕 | 评〔評〕 |
| 邹〔鄒〕 | 疗〔療〕 | 沨〔渢〕 | 补〔補〕 |
| 饨〔飩〕 | 应〔應〕 | 沟〔溝〕 | 诅〔詛〕 |
| 饩〔餼〕 | 这〔這〕 | 沩〔溈〕 | 识〔識〕 |
| 饪〔飪〕 | 庐〔廬〕 | 沪〔滬〕 | 诇〔詗〕 |
| 饫〔飫〕 | 闰〔閏〕 | 沈〔瀋〕 | 诈〔詐〕 |
| 饬〔飭〕 | 闱〔闈〕 | 怃〔憮〕 | 诉〔訴〕 |
| 饭〔飯〕 | 闲〔閑〕 | 怀〔懷〕 | 诊〔診〕 |
| 饮〔飲〕 | 间〔間〕 | 怄〔慪〕 | 诋〔詆〕 |
| 系〔係〕 | 闵〔閔〕 | 忧〔憂〕 | 诌〔謅〕 |
| 系〔繫〕 | 闷〔悶〕 | 忾〔愾〕 | 词〔詞〕 |
| 【、】 | 灿〔燦〕 | 怅〔悵〕 | 诎〔詘〕 |
| 冻〔凍〕 | 灶〔竈〕 | 怆〔愴〕 | 诏〔詔〕 |

译〔譯〕
诒〔詒〕

【乛】

灵〔靈〕
层〔層〕
迟〔遲〕
张〔張〕
际〔際〕
陆〔陸〕
陇〔隴〕
陈〔陳〕
坠〔墜〕
陉〔陘〕
妪〔嫗〕
妩〔嫵〕
妫〔媯〕
刭〔剄〕
劲〔勁〕
鸡〔雞〕
纻〔紵〕
纬〔緯〕
纭〔紜〕
驱〔驅〕
纯〔純〕
纰〔紕〕
纱〔紗〕
纲〔綱〕
纳〔納〕
纴〔紝〕
驳〔駁〕
纵〔縱〕
纶〔綸〕
纷〔紛〕
纸〔紙〕
纹〔紋〕
纺〔紡〕
驴〔驢〕
纼〔紖〕
纽〔紐〕
纾〔紓〕

## *8* 畫

【一】

玮〔瑋〕
环〔環〕
责〔責〕
现〔現〕
表〔錶〕
玱〔瑲〕
规〔規〕
匦〔匭〕
拢〔攏〕
拣〔揀〕
垆〔壚〕
担〔擔〕
顶〔頂〕
拥〔擁〕
势〔勢〕
拦〔攔〕
⿰扌汇〔⿰扌匯〕
拧〔擰〕
拨〔撥〕
择〔擇〕
茏〔蘢〕
苹〔蘋〕
茑〔蔦〕
范〔範〕
茔〔塋〕
茕〔煢〕
茎〔莖〕
枢〔樞〕
枥〔櫪〕

| | | | |
|---|---|---|---|
| 柜〔櫃〕 | 砀〔碭〕 | 【丨】 | 岩〔巖〕 |
| 㭎〔棡〕 | 码〔碼〕 | 齿〔齒〕 | 岽〔崬〕 |
| 枧〔梘〕 | 厕〔廁〕 | 虏〔虜〕 | 岿〔巋〕 |
| 枨〔棖〕 | 奋〔奮〕 | 肾〔腎〕 | 帜〔幟〕 |
| 板〔闆〕 | 态〔態〕 | 贤〔賢〕 | 岭〔嶺〕 |
| 枞〔樅〕 | 瓯〔甌〕 | 昙〔曇〕 | 刿〔劌〕 |
| 松〔鬆〕 | 欧〔歐〕 | 昆〔崑〕 | 剀〔剴〕 |
| 枪〔槍〕 | 殴〔毆〕 | 昆〔崐〕 | 凯〔凱〕 |
| 枫〔楓〕 | 垄〔壟〕 | 国〔國〕 | 峄〔嶧〕 |
| 构〔構〕 | 郏〔郟〕 | 畅〔暢〕 | 败〔敗〕 |
| 杰〔傑〕 | 轰〔轟〕 | 咙〔嚨〕 | 账〔賬〕 |
| 丧〔喪〕 | 顷〔頃〕 | 虮〔蟣〕 | 贩〔販〕 |
| 画〔畫〕 | 转〔轉〕 | 黾〔黽〕 | 贬〔貶〕 |
| 枣〔棗〕 | 轭〔軛〕 | 鸣〔鳴〕 | 贮〔貯〕 |
| 卖〔賣〕 | 软〔軟〕 | 咛〔嚀〕 | 图〔圖〕 |
| 郁〔鬱〕 | 轮〔輪〕 | 咝〔噝〕 | 购〔購〕 |
| 矾〔礬〕 | 斩〔斬〕 | 罗〔羅〕 | 【丿】 |
| 矿〔礦〕 | 鸢〔鳶〕 | 罗〔囉〕 | 钍〔釷〕 |

钎〔釺〕
钏〔釧〕
钐〔釤〕
钓〔釣〕
钒〔釩〕
钔〔鍆〕
钕〔釹〕
钖〔鍚〕
钗〔釵〕
制〔製〕
迭〔疊〕
刮〔颳〕
岳〔嶽〕
侠〔俠〕
侥〔僥〕
侦〔偵〕
侧〔側〕
凭〔憑〕

侨〔僑〕
侩〔儈〕
货〔貨〕
侪〔儕〕
侬〔儂〕
质〔質〕
征〔徵〕
径〔徑〕
舍〔捨〕
刽〔劊〕
郐〔鄶〕
怂〔慫〕
籴〔糴〕
觅〔覓〕
贪〔貪〕
贫〔貧〕
戗〔戧〕
肤〔膚〕

䏝〔膞〕
肿〔腫〕
胀〔脹〕
肮〔骯〕
胁〔脅〕
周〔週〕
迩〔邇〕
鱼〔魚〕
狞〔獰〕
备〔備〕
枭〔梟〕
饯〔餞〕
饰〔飾〕
饱〔飽〕
饲〔飼〕
饳〔飿〕
饴〔飴〕

【、】

变〔變〕
庞〔龐〕
庙〔廟〕
疟〔瘧〕
疠〔癘〕
疡〔瘍〕
剂〔劑〕
废〔廢〕
闸〔閘〕
闹〔鬧〕
郑〔鄭〕
卷〔捲〕
单〔單〕
炜〔煒〕
炝〔熗〕
炉〔爐〕
浅〔淺〕
泷〔瀧〕

| | | | |
|---|---|---|---|
| 泸〔瀘〕 | 实〔實〕 | 询〔詢〕 | 艰〔艱〕 |
| 泪〔淚〕 | 诓〔誆〕 | 诣〔詣〕 | 线〔綫〕 |
| 泺〔濼〕 | 诗〔詩〕 | 诤〔諍〕 | 绀〔紺〕 |
| 注〔註〕 | 试〔試〕 | 该〔該〕 | 绁〔紲〕 |
| 泞〔濘〕 | 诖〔詿〕 | 详〔詳〕 | 绂〔紱〕 |
| 泻〔瀉〕 | 诘〔詰〕 | 诧〔詫〕 | 练〔練〕 |
| 泼〔潑〕 | 诙〔詼〕 | 诨〔諢〕 | 组〔組〕 |
| 泽〔澤〕 | 诚〔誠〕 | 诩〔詡〕 | 驵〔駔〕 |
| 泾〔涇〕 | 郓〔鄆〕 | **【乛】** | 绅〔紳〕 |
| 怜〔憐〕 | 衬〔襯〕 | 肃〔肅〕 | 䌷〔紬〕 |
| 㤘〔㥮〕 | 祎〔禕〕 | 隶〔隸〕 | 细〔細〕 |
| 怿〔懌〕 | 视〔視〕 | 录〔錄〕 | 驶〔駛〕 |
| 峃〔嶨〕 | 诛〔誅〕 | 弥〔彌〕 | 驸〔駙〕 |
| 学〔學〕 | 话〔話〕 | 弥〔瀰〕 | 驷〔駟〕 |
| 宝〔寶〕 | 诞〔誕〕 | 陕〔陝〕 | 驹〔駒〕 |
| 宠〔寵〕 | 诟〔詬〕 | 驽〔駑〕 | 终〔終〕 |
| 审〔審〕 | 诠〔詮〕 | 驾〔駕〕 | 织〔織〕 |
| 帘〔簾〕 | 诡〔詭〕 | 参〔參〕 | 驺〔騶〕 |

绉〔縐〕
驻〔駐〕
绊〔絆〕
驼〔駝〕
绋〔紼〕
绌〔絀〕
绍〔紹〕
驿〔驛〕
绎〔繹〕
经〔經〕
骀〔駘〕
给〔給〕
贯〔貫〕

## 9 畫

### 【一】

贰〔貳〕
帮〔幫〕

珑〔瓏〕
顸〔頇〕
挂〔掛〕
垭〔埡〕
挜〔掗〕
挝〔撾〕
项〔項〕
挞〔撻〕
挟〔挾〕
挠〔撓〕
赵〔趙〕
贲〔賁〕
挡〔擋〕
垲〔塏〕
挢〔撟〕
垫〔墊〕
挤〔擠〕
挥〔揮〕

挦〔撏〕
荐〔薦〕
荚〔莢〕
贳〔貰〕
荛〔蕘〕
荜〔蓽〕
带〔帶〕
茧〔繭〕
荞〔蕎〕
荟〔薈〕
荠〔薺〕
荡〔蕩〕
垩〔堊〕
荣〔榮〕
荤〔葷〕
荥〔滎〕
荦〔犖〕
荨〔蕁〕

胡〔鬍〕
荩〔藎〕
荪〔蓀〕
荫〔蔭〕
荬〔蕒〕
荭〔葒〕
荮〔葤〕
药〔藥〕
标〔標〕
栈〔棧〕
栉〔櫛〕
栊〔櫳〕
栋〔棟〕
栌〔櫨〕
栎〔櫟〕
栏〔欄〕
柠〔檸〕
柽〔檉〕

树〔樹〕
郦〔酈〕
咸〔鹹〕
砖〔磚〕
厘〔釐〕
砗〔硨〕
砚〔硯〕
砜〔碸〕
面〔麵〕
牵〔牽〕
鸥〔鷗〕
龚〔龔〕
残〔殘〕
殇〔殤〕
轱〔軲〕
轲〔軻〕
轳〔轤〕
轴〔軸〕
轶〔軼〕
轷〔軤〕
轸〔軫〕
轹〔轢〕
轺〔軺〕
轻〔輕〕
鸦〔鴉〕
虿〔蠆〕

【丨】

战〔戰〕
觇〔覘〕
点〔點〕
临〔臨〕
览〔覽〕
竖〔豎〕
尝〔嘗〕
眍〔瞘〕
眬〔矓〕
哄〔閧〕
哄〔鬨〕
哑〔啞〕
显〔顯〕
哒〔噠〕
哓〔嘵〕
哔〔嗶〕
贵〔貴〕
虾〔蝦〕
蚁〔蟻〕
蚂〔螞〕
虽〔雖〕
骂〔罵〕
哕〔噦〕
剐〔剮〕
郧〔鄖〕
勋〔勛〕
哗〔嘩〕
响〔響〕
哙〔噲〕
哝〔噥〕
哟〔喲〕
峡〔峽〕
峣〔嶢〕
帧〔幀〕
罚〔罰〕
峤〔嶠〕
贱〔賤〕
贴〔貼〕
贶〔貺〕
贻〔貽〕

【丿】

钘〔鈃〕
钙〔鈣〕
钚〔鈈〕
钛〔鈦〕

| | | | |
|---|---|---|---|
| 铘〔鋣〕 | 钮〔鈕〕 | 俭〔儉〕 | 狲〔猻〕 |
| 钝〔鈍〕 | 钯〔鈀〕 | 剑〔劍〕 | 贸〔貿〕 |
| 钞〔鈔〕 | 毡〔氈〕 | 鸧〔鶬〕 | 饵〔餌〕 |
| 钟〔鐘〕 | 氢〔氫〕 | 须〔須〕 | 饶〔饒〕 |
| 钟〔鍾〕 | 选〔選〕 | 须〔鬚〕 | 蚀〔蝕〕 |
| 钡〔鋇〕 | 适〔適〕 | 胧〔朧〕 | 饷〔餉〕 |
| 钢〔鋼〕 | 种〔種〕 | 脉〔脈〕 | 饸〔餄〕 |
| 钠〔鈉〕 | 秋〔鞦〕 | 胪〔臚〕 | 饹〔餎〕 |
| 钥〔鑰〕 | 复〔復〕 | 胆〔膽〕 | 饺〔餃〕 |
| 钦〔欽〕 | 复〔複〕 | 胜〔勝〕 | 饼〔餅〕 |
| 钧〔鈞〕 | 复〔覆〕 | 脉〔脈〕 | 【丶】 |
| 钤〔鈐〕 | 笃〔篤〕 | 胫〔脛〕 | 峦〔巒〕 |
| 钨〔鎢〕 | 俦〔儔〕 | 鸨〔鴇〕 | 弯〔彎〕 |
| 钩〔鉤〕 | 俨〔儼〕 | 狭〔狹〕 | 孪〔孿〕 |
| 钪〔鈧〕 | 俩〔倆〕 | 狮〔獅〕 | 娈〔孌〕 |
| 钫〔鈁〕 | 俪〔儷〕 | 独〔獨〕 | 将〔將〕 |
| 钬〔鈥〕 | 贷〔貸〕 | 狯〔獪〕 | 奖〔獎〕 |
| 钭〔鈄〕 | 顺〔順〕 | 狱〔獄〕 | 迹〔跡〕 |

| | | | |
|---|---|---|---|
| 迹〔蹟〕 | 类〔類〕 | 浍〔澮〕 | 窃〔竊〕 |
| 疬〔癧〕 | 娄〔婁〕 | 浏〔瀏〕 | 诫〔誡〕 |
| 疮〔瘡〕 | 总〔總〕 | 济〔濟〕 | 诬〔誣〕 |
| 疯〔瘋〕 | 炼〔煉〕 | 浐〔滻〕 | 语〔語〕 |
| 亲〔親〕 | 炽〔熾〕 | 浑〔渾〕 | 袄〔襖〕 |
| 飒〔颯〕 | 烁〔爍〕 | 浒〔滸〕 | 诮〔誚〕 |
| 闺〔閨〕 | 烂〔爛〕 | 浓〔濃〕 | 祢〔禰〕 |
| 闻〔聞〕 | 烃〔烴〕 | 浔〔潯〕 | 误〔誤〕 |
| 闼〔闥〕 | 洼〔窪〕 | 浕〔濜〕 | 诰〔誥〕 |
| 闽〔閩〕 | 洁〔潔〕 | 恸〔慟〕 | 诱〔誘〕 |
| 闾〔閭〕 | 洒〔灑〕 | 恹〔懨〕 | 诲〔誨〕 |
| 闿〔闓〕 | 㳠〔澾〕 | 恺〔愷〕 | 诳〔誑〕 |
| 阀〔閥〕 | 浃〔浹〕 | 恻〔惻〕 | 鸩〔鴆〕 |
| 阁〔閣〕 | 浇〔澆〕 | 恼〔惱〕 | 说〔說〕 |
| 𫔮〔𨴹〕 | 浈〔湞〕 | 恽〔惲〕 | 诵〔誦〕 |
| 阂〔閡〕 | 浉〔溮〕 | 举〔舉〕 | 诶〔誒〕 |
| 养〔養〕 | 浊〔濁〕 | 觉〔覺〕 | 【フ】 |
| 姜〔薑〕 | 测〔測〕 | 宪〔憲〕 | 垦〔墾〕 |

昼〔晝〕
费〔費〕
逊〔遜〕
陨〔隕〕
险〔險〕
贺〔賀〕
怼〔懟〕
垒〔壘〕
娅〔婭〕
娆〔嬈〕
娇〔嬌〕
绑〔綁〕
绒〔絨〕
结〔結〕
绔〔絝〕
骁〔驍〕
绕〔繞〕
绖〔絰〕
骄〔驕〕
骅〔驊〕
绘〔繪〕
骆〔駱〕
骈〔駢〕
绞〔絞〕
骇〔駭〕
统〔統〕
绗〔絎〕
给〔給〕
绚〔絢〕
绛〔絳〕
络〔絡〕
绝〔絕〕

## *10* 畫

### 【一】

艳〔艷〕
顼〔頊〕
珲〔琿〕
蚕〔蠶〕
顽〔頑〕
盏〔盞〕
捞〔撈〕
载〔載〕
赶〔趕〕
盐〔鹽〕
埘〔塒〕
捆〔綑〕
损〔損〕
埙〔塤〕
埚〔堝〕
捡〔撿〕
赞〔贊〕
挚〔摯〕
热〔熱〕
捣〔搗〕
壶〔壺〕
聂〔聶〕
莱〔萊〕
莲〔蓮〕
莳〔蒔〕
莴〔萵〕
获〔獲〕
获〔穫〕
莸〔蕕〕
恶〔惡〕
恶〔噁〕
䓖〔藭〕
莹〔瑩〕
莺〔鶯〕
鸪〔鴣〕
莼〔蒓〕
栖〔棲〕

桡〔橈〕
桢〔楨〕
档〔檔〕
桤〔榿〕
桥〔橋〕
桦〔樺〕
桧〔檜〕
桩〔樁〕
样〔樣〕
贾〔賈〕
逦〔邐〕
唇〔脣〕
砺〔礪〕
砾〔礫〕
础〔礎〕
砻〔礱〕
顾〔顧〕
轼〔軾〕

轾〔輊〕
轿〔轎〕
辂〔輅〕
较〔較〕
鸫〔鶇〕
顿〔頓〕
趸〔躉〕
毙〔斃〕
致〔緻〕

【丨】

龀〔齔〕
鸬〔鸕〕
虑〔慮〕
监〔監〕
紧〔緊〕
党〔黨〕
唛〔嘜〕
晒〔曬〕

晓〔曉〕
啧〔嘖〕
唠〔嘮〕
鸭〔鴨〕
唡〔啢〕
晔〔曄〕
晕〔暈〕
鸮〔鴞〕
唢〔嗩〕
㖞〔喎〕
蚬〔蜆〕
鸯〔鴦〕
崂〔嶗〕
崃〔崍〕
罢〔罷〕
圆〔圓〕
觊〔覬〕
贼〔賊〕

贿〔賄〕
赂〔賂〕
赃〔贓〕
赅〔賅〕
赆〔贐〕

【丿】

钰〔鈺〕
钱〔錢〕
钲〔鉦〕
钳〔鉗〕
钴〔鈷〕
钵〔鉢〕
钶〔鈳〕
钜〔鉅〕
钹〔鈸〕
钺〔鉞〕
钻〔鑽〕
钼〔鉬〕

| | | | |
|---|---|---|---|
| 钼〔鉬〕 | 氩〔氬〕 | 鸽〔鴿〕 | 皱〔皺〕 |
| 钾〔鉀〕 | 牺〔犧〕 | 颁〔頒〕 | 饽〔餑〕 |
| 铀〔鈾〕 | 敌〔敵〕 | 颂〔頌〕 | 饿〔餓〕 |
| 钿〔鈿〕 | 积〔積〕 | 脍〔膾〕 | 馁〔餒〕 |
| 铁〔鐵〕 | 称〔稱〕 | 脏〔臟〕 | 【丶】 |
| 铂〔鉑〕 | 笕〔筧〕 | 脏〔髒〕 | 栾〔欒〕 |
| 铃〔鈴〕 | 笔〔筆〕 | 脐〔臍〕 | 挛〔攣〕 |
| 铄〔鑠〕 | 笋〔筍〕 | 脑〔腦〕 | 恋〔戀〕 |
| 铅〔鉛〕 | 债〔債〕 | 胶〔膠〕 | 桨〔槳〕 |
| 铆〔鉚〕 | 借〔藉〕 | 脓〔膿〕 | 浆〔漿〕 |
| 铈〔鈰〕 | 倾〔傾〕 | 鸱〔鴟〕 | 席〔蓆〕 |
| 铉〔鉉〕 | 赁〔賃〕 | 玺〔璽〕 | 症〔癥〕 |
| 铊〔鉈〕 | 颀〔頎〕 | 鱽〔魛〕 | 痈〔癰〕 |
| 铋〔鉍〕 | 徕〔徠〕 | 鸲〔鴝〕 | 斋〔齋〕 |
| 铌〔鈮〕 | 舰〔艦〕 | 猃〔獫〕 | 痉〔痙〕 |
| 铍〔鈹〕 | 舱〔艙〕 | 鸵〔鴕〕 | 准〔準〕 |
| 䥽〔鏺〕 | 耸〔聳〕 | 袅〔裊〕 | 离〔離〕 |
| 铎〔鐸〕 | 爱〔愛〕 | 鸳〔鴛〕 | 颃〔頏〕 |

| | | | |
|---|---|---|---|
| 资〔資〕 | 涟〔漣〕 | 请〔請〕 | 谇〔誶〕 |
| 竞〔競〕 | 涠〔潿〕 | 诸〔諸〕 | 谈〔談〕 |
| 阃〔閫〕 | 涢〔溳〕 | 诹〔諏〕 | 谊〔誼〕 |
| 閦〔閦〕 | 涡〔渦〕 | 诺〔諾〕 | 谉〔讅〕 |
| 阄〔鬮〕 | 涂〔塗〕 | 诼〔諑〕 | **【乛】** |
| 阅〔閱〕 | 涤〔滌〕 | 读〔讀〕 | 恳〔懇〕 |
| 阆〔閬〕 | 润〔潤〕 | 诽〔誹〕 | 剧〔劇〕 |
| 郸〔鄲〕 | 涧〔澗〕 | 袜〔襪〕 | 娲〔媧〕 |
| 烦〔煩〕 | 涨〔漲〕 | 祯〔禎〕 | 娴〔嫻〕 |
| 烧〔燒〕 | 烫〔燙〕 | 课〔課〕 | 难〔難〕 |
| 烛〔燭〕 | 涩〔澀〕 | 诿〔諉〕 | 预〔預〕 |
| 烨〔燁〕 | 涌〔湧〕 | 谀〔諛〕 | 绠〔綆〕 |
| 烩〔燴〕 | 悭〔慳〕 | 谁〔誰〕 | 骊〔驪〕 |
| 烬〔燼〕 | 悯〔憫〕 | 谂〔諗〕 | 绡〔綃〕 |
| 递〔遞〕 | 宽〔寬〕 | 调〔調〕 | 骋〔騁〕 |
| 涛〔濤〕 | 宾〔賓〕 | 谄〔諂〕 | 绢〔絹〕 |
| 涝〔澇〕 | 窍〔竅〕 | 谅〔諒〕 | 绣〔綉〕 |
| 涞〔淶〕 | 窎〔窵〕 | 谆〔諄〕 | 绣〔繡〕 |

验〔驗〕
绥〔綏〕
绦〔縧〕
继〔繼〕
绨〔綈〕
骎〔駸〕
骏〔駿〕
鸶〔鷥〕

## 11 畫

【一】

焘〔燾〕
琎〔璡〕
琏〔璉〕
琐〔瑣〕
麸〔麩〕
掳〔擄〕
掴〔摑〕
鸷〔鷙〕
掷〔擲〕
掸〔撣〕
壶〔壺〕
悫〔慤〕
据〔據〕
掺〔摻〕
掼〔摜〕
职〔職〕
聍〔聹〕
萚〔蘀〕
萝〔蘿〕
萤〔螢〕
营〔營〕
萦〔縈〕
萧〔蕭〕
萨〔薩〕
梦〔夢〕
觋〔覡〕
检〔檢〕
棂〔欞〕
啬〔嗇〕
匮〔匱〕
酝〔醞〕
厣〔厴〕
硕〔碩〕
硖〔硤〕
硗〔磽〕
硙〔磑〕
硚〔礄〕
鸸〔鴯〕
聋〔聾〕
龚〔龔〕
袭〔襲〕
䴕〔鴷〕
殒〔殞〕
殓〔殮〕
赍〔賫〕
辄〔輒〕
辅〔輔〕
辆〔輛〕
堑〔塹〕

【丨】

颅〔顱〕
啧〔嘖〕
悬〔懸〕
啭〔囀〕
跃〔躍〕
啮〔嚙〕
跄〔蹌〕
蛎〔蠣〕
蛊〔蠱〕
蛏〔蟶〕
累〔纍〕

啰〔囉〕
啸〔嘯〕
帻〔幘〕
崭〔嶄〕
逻〔邏〕
帼〔幗〕
赈〔賑〕
婴〔嬰〕
赊〔賒〕

【丿】

铏〔鉶〕
铸〔鑄〕
铑〔銠〕
铒〔鉺〕
铓〔鋩〕
铕〔銪〕
铗〔鋏〕
铙〔鐃〕
铛〔鐺〕
铝〔鋁〕
铜〔銅〕
铞〔銱〕
铟〔銦〕
铠〔鎧〕
铡〔鍘〕
铢〔銖〕
铣〔銑〕
铥〔銩〕
铤〔鋌〕
铧〔鏵〕
铨〔銓〕
铩〔鎩〕
铪〔鉿〕
铫〔銚〕
铭〔銘〕
铬〔鉻〕
铮〔錚〕
铯〔銫〕
铰〔鉸〕
铱〔銥〕
铲〔鏟〕
铳〔銃〕
铵〔銨〕
银〔銀〕
铷〔銣〕
矫〔矯〕
鸹〔鴰〕
秸〔稭〕
秽〔穢〕
笺〔箋〕
笼〔籠〕
笾〔籩〕
偾〔僨〕
鸺〔鵂〕
偿〔償〕
偻〔僂〕
躯〔軀〕
皑〔皚〕
衅〔釁〕
鸻〔鴴〕
衔〔銜〕
舻〔艫〕
盘〔盤〕
鸼〔鵃〕
龛〔龕〕
鸽〔鴿〕
敛〔斂〕
领〔領〕
脶〔腡〕
脸〔臉〕
猎〔獵〕
猫〔貓〕

猡〔玀〕
猕〔獼〕
馃〔餜〕
馄〔餛〕
馅〔餡〕
馆〔館〕

【、】

鸾〔鸞〕
麻〔蔴〕
庼〔廎〕
痒〔癢〕
䴔〔鵁〕
旋〔鏇〕
阈〔閾〕
阉〔閹〕
阊〔閶〕
阋〔鬩〕
阌〔閿〕
阍〔閽〕
阎〔閻〕
阏〔閼〕
阐〔闡〕
羟〔羥〕
盖〔蓋〕
粝〔糲〕
断〔斷〕
兽〔獸〕
焖〔燜〕
渍〔漬〕
鸿〔鴻〕
渎〔瀆〕
渐〔漸〕
渑〔澠〕
渊〔淵〕
渔〔漁〕
淀〔澱〕
渗〔滲〕
惬〔愜〕
惭〔慚〕
惧〔懼〕
惊〔驚〕
惮〔憚〕
惨〔慘〕
惯〔慣〕
祷〔禱〕
谌〔諶〕
谋〔謀〕
谍〔諜〕
谎〔謊〕
谏〔諫〕
皲〔皸〕
谐〔諧〕
谑〔謔〕
裆〔襠〕
祸〔禍〕
谒〔謁〕
谓〔謂〕
谔〔諤〕
谕〔諭〕
谖〔諼〕
谗〔讒〕
谘〔諮〕
谙〔諳〕
谚〔諺〕
谛〔諦〕
谜〔謎〕
谝〔諞〕
谞〔諝〕

【乛】

弹〔彈〕
堕〔墮〕
随〔隨〕

粜〔糶〕
隐〔隱〕
婳〔嫿〕
婵〔嬋〕
婶〔嬸〕
颇〔頗〕
颈〔頸〕
绩〔績〕
绪〔緒〕
绫〔綾〕
骐〔騏〕
续〔續〕
绮〔綺〕
骑〔騎〕
绯〔緋〕
绰〔綽〕
骒〔騍〕
绲〔緄〕
绳〔繩〕
骓〔騅〕
维〔維〕
绵〔綿〕
绶〔綬〕
绷〔繃〕
绸〔綢〕
绺〔綹〕
绻〔綣〕
综〔綜〕
绽〔綻〕
绾〔綰〕
绿〔綠〕
骖〔驂〕
缀〔綴〕
缁〔緇〕

## *12* 畫

**【一】**

靓〔靚〕
琼〔瓊〕
辇〔輦〕
鼋〔黿〕
趋〔趨〕
揽〔攬〕
颉〔頡〕
揿〔撳〕
搀〔攙〕
蛰〔蟄〕
絷〔縶〕
搁〔擱〕
搂〔摟〕
搅〔攪〕
联〔聯〕
蒇〔蕆〕
贳〔貰〕
蒋〔蔣〕
蒌〔蔞〕
韩〔韓〕
椟〔櫝〕
椤〔欏〕
赍〔賷〕
椭〔橢〕
鹁〔鵓〕
鹂〔鸝〕
觌〔覿〕
硷〔鹼〕
确〔確〕
詟〔讋〕
殚〔殫〕
颊〔頰〕
雳〔靂〕
辊〔輥〕
辋〔輞〕

椠〔槧〕
暂〔暫〕
辍〔輟〕
辎〔輜〕
翘〔翹〕

【丨】

辈〔輩〕
凿〔鑿〕
辉〔輝〕
赏〔賞〕
睐〔睞〕
睑〔瞼〕
啧〔嘖〕
畴〔疇〕
践〔踐〕
遗〔遺〕
蛱〔蛺〕
蛲〔蟯〕
蛳〔螄〕
蛴〔蠐〕
鹃〔鵑〕
喽〔嘍〕
嵘〔嶸〕
嵚〔嶔〕
嵝〔嶁〕
赋〔賦〕
𧹓〔䝼〕
赌〔賭〕
赎〔贖〕
赐〔賜〕
赒〔賙〕
赔〔賠〕
赕〔賧〕

【丿】

铸〔鑄〕
铹〔鐒〕
铺〔鋪〕
铼〔錸〕
铽〔鋱〕
链〔鏈〕
铿〔鏗〕
销〔銷〕
锁〔鎖〕
锃〔鋥〕
锄〔鋤〕
锂〔鋰〕
锅〔鍋〕
锆〔鋯〕
锇〔鋨〕
锈〔銹〕
锈〔鏽〕
锉〔銼〕
锋〔鋒〕
锌〔鋅〕
锎〔鐦〕
锏〔鐧〕
锐〔銳〕
锑〔銻〕
锒〔鋃〕
锓〔鋟〕
锔〔鋦〕
锕〔錒〕
犊〔犢〕
鹄〔鵠〕
鹅〔鵝〕
颋〔頲〕
筑〔築〕
筚〔篳〕
筛〔篩〕
牍〔牘〕
傥〔儻〕
象〔像〕

傧〔儐〕
储〔儲〕
傩〔儺〕
惩〔懲〕
御〔禦〕
颔〔頷〕
释〔釋〕
鸽〔鴿〕
腊〔臘〕
腘〔膕〕
鱿〔魷〕
鲁〔魯〕
鲂〔魴〕
颍〔潁〕
飔〔颸〕
觞〔觴〕
惫〔憊〕
馇〔餷〕
馈〔饋〕
馉〔餶〕
馊〔餿〕
馋〔饞〕

【丶】

亵〔褻〕
装〔裝〕
蛮〔蠻〕
脔〔臠〕
痨〔癆〕
痫〔癇〕
赓〔賡〕
颏〔頦〕
鹇〔鷴〕
阑〔闌〕
阒〔闃〕
阔〔闊〕
阕〔闋〕
粪〔糞〕
鹈〔鵜〕
窜〔竄〕
窝〔窩〕
喾〔嚳〕
愤〔憤〕
愦〔憒〕
滞〔滯〕
湿〔濕〕
溃〔潰〕
溅〔濺〕
溇〔漊〕
湾〔灣〕
谟〔謨〕
雇〔僱〕
裢〔褳〕
裣〔襝〕
裤〔褲〕
裥〔襉〕
禅〔禪〕
谠〔讜〕
谡〔謖〕
谢〔謝〕
谣〔謠〕
谤〔謗〕
谥〔謚〕
谦〔謙〕
谧〔謐〕

【乛】

属〔屬〕
屡〔屢〕
骘〔騭〕
巯〔巰〕
毵〔毿〕
翚〔翬〕
骛〔騖〕

缂〔緙〕
缃〔緗〕
缄〔緘〕
缅〔緬〕
缆〔纜〕
缇〔緹〕
缈〔緲〕
缉〔緝〕
缊〔縕〕
缌〔緦〕
锻〔鍛〕
缑〔緱〕
缓〔緩〕
缒〔縋〕
缔〔締〕
缕〔縷〕
骗〔騙〕
编〔編〕

缗〔緡〕
骚〔騷〕
缘〔緣〕
飨〔饗〕

## 13 畫

【一】

耢〔耮〕
鹉〔鵡〕
䴖〔鶄〕
韫〔韞〕
骜〔驁〕
摄〔攝〕
摅〔攄〕
摆〔擺〕
摆〔襬〕
赪〔赬〕
摈〔擯〕

毂〔轂〕
摊〔攤〕
鹊〔鵲〕
蓝〔藍〕
蓦〔驀〕
鹋〔鶓〕
蓟〔薊〕
蒙〔矇〕
蒙〔濛〕
蒙〔懞〕
颐〔頤〕
献〔獻〕
蓣〔蕷〕
榄〔欖〕
榇〔櫬〕
榈〔櫚〕
楼〔樓〕
榉〔櫸〕

赖〔賴〕
碛〔磧〕
碍〔礙〕
碜〔磣〕
鹌〔鵪〕
尴〔尷〕
㱮〔殨〕
雾〔霧〕
辏〔輳〕
辐〔輻〕
辑〔輯〕
输〔輸〕

【丨】

频〔頻〕
龃〔齟〕
龄〔齡〕
龅〔齙〕
龆〔齠〕

鉴〔鑒〕
韪〔韙〕
嗫〔囁〕
跷〔蹺〕
跸〔蹕〕
跻〔躋〕
跹〔躚〕
蜗〔蝸〕
嗳〔噯〕
赗〔賵〕

【丿】

锗〔鍺〕
错〔錯〕
锘〔鍩〕
锚〔錨〕
锛〔錛〕
锝〔鍀〕
锞〔錁〕
锟〔錕〕
锡〔錫〕
锢〔錮〕
锣〔鑼〕
锤〔錘〕
锥〔錐〕
锦〔錦〕
锧〔鑕〕
锨〔鍁〕
锫〔錇〕
锭〔錠〕
键〔鍵〕
锯〔鋸〕
锰〔錳〕
锱〔錙〕
辞〔辭〕
颓〔頹〕
䅟〔穇〕
筹〔籌〕
签〔簽〕
签〔籤〕
简〔簡〕
觎〔覦〕
颔〔頷〕
腻〔膩〕
鹏〔鵬〕
腾〔騰〕
鲅〔鮁〕
鲆〔鮃〕
鲇〔鮎〕
鲈〔鱸〕
鲊〔鮓〕
稣〔穌〕
鲋〔鮒〕
鲫〔鯽〕
鲍〔鮑〕
鲏〔鮍〕
鲐〔鮐〕
颖〔穎〕
鸽〔鴿〕
飔〔颸〕
飕〔颼〕
触〔觸〕
雏〔雛〕
馎〔餺〕
馍〔饃〕
馏〔餾〕
馐〔饈〕

【、】

酱〔醬〕
鹑〔鶉〕
痴〔癡〕
瘅〔癉〕
瘆〔瘮〕

鹒〔鶊〕
韵〔韻〕
阖〔闔〕
阗〔闐〕
阙〔闕〕
誊〔謄〕
粮〔糧〕
数〔數〕
滟〔灩〕
滠〔灄〕
满〔滿〕
滤〔濾〕
滥〔濫〕
滗〔潷〕
滦〔灤〕
漓〔灕〕
滨〔濱〕
滩〔灘〕

滪〔澦〕
慑〔懾〕
誉〔譽〕
黉〔黌〕
骞〔騫〕
寝〔寢〕
窥〔窺〕
窦〔竇〕
谨〔謹〕
谩〔謾〕
谪〔謫〕
谫〔謭〕
谬〔謬〕

【乛】

辟〔闢〕
缓〔緩〕
嫔〔嬪〕
缙〔縉〕
缜〔縝〕
缚〔縛〕
缛〔縟〕
辔〔轡〕
缝〔縫〕
骝〔騮〕
缞〔縗〕
缟〔縞〕
缠〔纏〕
缡〔縭〕
缢〔縊〕
缣〔縑〕
缤〔繽〕
骗〔騙〕

## 14 畫

【一】

瑷〔璦〕
赘〔贅〕
觐〔覲〕
韬〔韜〕
叆〔靉〕
墙〔墻〕
撄〔攖〕
蔷〔薔〕
蔑〔衊〕
蔹〔蘞〕
蔺〔藺〕
蔼〔藹〕
鹕〔鶘〕
槚〔檟〕
槛〔檻〕
槟〔檳〕
槠〔櫧〕
酽〔釅〕
酾〔釃〕

酿〔釀〕
霁〔霽〕
愿〔願〕
殡〔殯〕
辕〔轅〕
辖〔轄〕
辗〔輾〕

【丨】

龇〔齜〕
龈〔齦〕
䴗〔鶪〕
颗〔顆〕
䁖〔瞜〕
暧〔曖〕
鹖〔鶡〕
踌〔躊〕
踊〔踴〕
蜡〔蠟〕

蝈〔蟈〕
蝇〔蠅〕
蝉〔蟬〕
鹗〔鶚〕
嘤〔嚶〕
罴〔羆〕
赙〔賻〕
罂〔罌〕
赚〔賺〕
鹘〔鶻〕

【丿】

锲〔鍥〕
锴〔鍇〕
锶〔鍶〕
锷〔鍔〕
锹〔鍬〕
锸〔鍤〕
锻〔鍛〕

锼〔鎪〕
锾〔鍰〕
锵〔鏘〕
锿〔鎄〕
镀〔鍍〕
镁〔鎂〕
镂〔鏤〕
镃〔鎡〕
镄〔鐨〕
镅〔鎇〕
鹙〔鶖〕
稳〔穩〕
箦〔簀〕
箧〔篋〕
箨〔籜〕
箩〔籮〕
箪〔簞〕
箓〔籙〕

箫〔簫〕
舆〔輿〕
膑〔臏〕
鲑〔鮭〕
鲒〔鮚〕
鲔〔鮪〕
鲖〔鮦〕
鲗〔鰂〕
鲙〔鱠〕
鲚〔鱭〕
鲛〔鮫〕
鲜〔鮮〕
鲟〔鱘〕
馑〔饉〕
馒〔饅〕

【丶】

銮〔鑾〕
瘗〔瘞〕

瘘〔瘻〕
阚〔闞〕
鲞〔鯗〕
鲝〔鮺〕
糁〔糝〕
鹚〔鷀〕
潇〔瀟〕
潋〔瀲〕
潍〔濰〕
赛〔賽〕
窭〔窶〕
谭〔譚〕
谮〔譖〕
𫌀〔襀〕
褛〔褸〕
谯〔譙〕
谰〔讕〕
谱〔譜〕
谲〔譎〕

【㇆】

鹛〔鶥〕
嫱〔嬙〕
鹜〔鶩〕
缥〔縹〕
骠〔驃〕
缦〔縵〕
骡〔騾〕
缧〔縲〕
缨〔纓〕
骢〔驄〕
缩〔縮〕
缪〔繆〕
缫〔繅〕

## 15 畫

【一】

耧〔耬〕
璎〔瓔〕
叇〔靆〕
撵〔攆〕
撷〔擷〕
撺〔攛〕
聩〔聵〕
聪〔聰〕
觐〔覲〕
鞑〔韃〕
鞒〔鞽〕
蕲〔蘄〕
赜〔賾〕
蕴〔蘊〕
樯〔檣〕
樱〔櫻〕
飘〔飄〕
靥〔靨〕
魇〔魘〕
餍〔饜〕
霉〔黴〕
辘〔轆〕

【丨】

龉〔齬〕
龊〔齪〕
觑〔覷〕
瞒〔瞞〕
题〔題〕
颙〔顒〕
踬〔躓〕
踯〔躑〕
蝾〔蠑〕
蝼〔螻〕
噜〔嚕〕
嘱〔囑〕
颛〔顓〕

【丿】
镊〔鑷〕
镇〔鎮〕
镉〔鎘〕
镋〔钂〕
镌〔鐫〕
镍〔鎳〕
镎〔鎿〕
镏〔鎦〕
镐〔鎬〕
镑〔鎊〕
镒〔鎰〕
镓〔鎵〕
镔〔鑌〕
篑〔簣〕
篓〔簍〕
䴙〔鷉〕
鹡〔鶺〕
鹞〔鷂〕
鲠〔鯁〕
鲡〔鱺〕
鲢〔鰱〕
鲣〔鰹〕
鲥〔鰣〕
鲤〔鯉〕
鲦〔鰷〕
鲧〔鯀〕
鲩〔鯇〕
鲫〔鯽〕
馓〔饊〕
馔〔饌〕

【丶】
瘪〔癟〕
瘫〔癱〕
齑〔齏〕
颜〔顏〕
鹣〔鶼〕
鲨〔鯊〕
澜〔瀾〕
额〔額〕
谳〔讞〕
褴〔襤〕
谴〔譴〕
鹤〔鶴〕
谵〔譫〕

【乛】
屦〔屨〕
缬〔纈〕
缭〔繚〕
缮〔繕〕
缯〔繒〕

## 16 畫

【一】
䎱〔䎬〕
擞〔擻〕
颞〔顳〕
颟〔顢〕
薮〔藪〕
颠〔顛〕
橹〔櫓〕
橼〔櫞〕
鹥〔鷖〕
赝〔贗〕
飙〔飆〕
豮〔豶〕
錾〔鏨〕
辙〔轍〕
辚〔轔〕

【丨】
鹾〔鹺〕
螨〔蟎〕

鹦〔鸚〕
赠〔贈〕

【丿】

镨〔鐠〕
镖〔鏢〕
镗〔鏜〕
镘〔鏝〕
镚〔鏰〕
镛〔鏞〕
镜〔鏡〕
镝〔鏑〕
镞〔鏃〕
氇〔氌〕
赞〔贊〕
穑〔穡〕
篮〔籃〕
篱〔籬〕
魉〔魎〕
鲭〔鯖〕
鲮〔鯪〕
鲰〔鯫〕
鲱〔鯡〕
鲲〔鯤〕
鲳〔鯧〕
鲵〔鯢〕
鲶〔鯰〕
鲷〔鯛〕
鲸〔鯨〕
鲻〔鯔〕
獭〔獺〕

【丶】

鹧〔鷓〕
瘿〔癭〕
瘾〔癮〕
斓〔斕〕
辩〔辯〕
濑〔瀨〕
濒〔瀕〕
懒〔懶〕
黉〔黌〕

【乛】

鹨〔鷚〕
颡〔顙〕
缰〔繮〕
缱〔繾〕
缲〔繰〕
缳〔繯〕
缴〔繳〕

## 17 畫

【一】

藓〔蘚〕
鹩〔鷯〕

【丨】

龋〔齲〕
龌〔齷〕
瞩〔矚〕
蹒〔蹣〕
蹑〔躡〕
蟏〔蠨〕
𪢠〔㘚〕
羁〔羈〕
赡〔贍〕

【丿】

镢〔鐝〕
镣〔鐐〕
镤〔鏷〕
镥〔鑥〕
镦〔鐓〕
镧〔鑭〕
镨〔鐥〕
镨〔鐠〕

镩〔鑹〕
镪〔鏹〕
镫〔鐙〕
簖〔籪〕
鹪〔鷦〕
䲠〔鰆〕
鲽〔鰈〕
鲿〔鱨〕
鳃〔鰓〕
鳁〔鰮〕
鳄〔鰐〕
鳅〔鰍〕
鳆〔鰒〕
鳇〔鰉〕
⿰鱼酉〔⿰魚酉〕
鳊〔鯿〕

【丶】

鹫〔鷲〕
辫〔辮〕
赢〔贏〕
懑〔懣〕

【乛】

鹬〔鷸〕
骤〔驟〕

## 18 畫

【一】

⿱敖黾〔鼇〕
鞯〔韉〕
黡〔黶〕

【丨】

⿰虘攵〔⿰虘攵〕
颢〔顥〕
鹭〔鷺〕
嚣〔囂〕
髅〔髏〕

【丿】

镬〔鑊〕
镭〔鐳〕
镮〔鐶〕
镯〔鐲〕
镰〔鐮〕
镱〔鐿〕
⿰饣谁〔⿰飠誰〕
䲢〔鰧〕
鳍〔鰭〕
鳎〔鰨〕
鳏〔鰥〕
鳑〔鰟〕
鳒〔鰜〕

【丶】

鹯〔鸇〕
鹰〔鷹〕
癞〔癩〕
冁〔囅〕
䜩〔讌〕

【乛】

䴙〔鸊〕

## 19 畫

【一】

攒〔攢〕
霭〔靄〕

【丨】

鳖〔鱉〕
蹿〔躥〕
巅〔巔〕
髋〔髖〕
髌〔髕〕

【丿】

镲〔鑔〕
籁〔籟〕

鳘〔鰵〕
鳓〔鰳〕
鳔〔鰾〕
鳕〔鱈〕
鳗〔鰻〕
鳙〔鱅〕
鳛〔鰼〕

【丶】

颤〔顫〕
癣〔癬〕
谶〔讖〕

【乛】

骥〔驥〕
缵〔纘〕

## 20 畫

【一】

瓒〔瓚〕
鬓〔鬢〕
颥〔顬〕

【丨】

鼍〔鼉〕
黩〔黷〕

【丿】

镳〔鑣〕
镴〔鑞〕
臜〔臢〕
鳜〔鱖〕
鳝〔鱔〕
鳞〔鱗〕
鳟〔鱒〕

【乛】

骧〔驤〕

## 21 畫

颦〔顰〕
躏〔躪〕
鳢〔鱧〕
鳣〔鱣〕
癫〔癲〕
赣〔贛〕
灏〔灝〕

## 22 畫

鹳〔鸛〕
镶〔鑲〕

## 23 畫

趱〔趲〕
颧〔顴〕
躜〔躦〕

## 25 畫

镢〔钁〕
馕〔饢〕
戆〔戇〕

# 繁體字查簡體字

## 6 畫

〔兇〕凶

## 7 畫

〔車〕车
〔夾〕夹
〔貝〕贝
〔見〕见
〔壯〕壮
〔妝〕妆
〔牠〕它
〔佈〕布
〔佔〕占
〔災〕灾

## 8 畫

【一】

〔長〕长
〔亞〕亚
〔軋〕轧
〔東〕东
〔兩〕两
〔協〕协
〔來〕来
〔戔〕戋

【丨】

〔門〕门
〔昇〕升
〔牀〕床
〔岡〕冈

【丿】

〔侖〕仑
〔兒〕儿
〔狀〕状
〔糾〕纠

## 9 畫

【一】

〔剋〕克
〔軌〕轨
〔頁〕页
〔苧〕苎
〔郟〕郏
〔剄〕刭
〔勁〕劲

【丨】

〔貞〕贞
〔則〕则
〔閂〕闩
〔迴〕回

【丿】

〔俠〕侠
〔係〕系
〔峴〕岘
〔帥〕帅
〔後〕後
〔釓〕钆
〔釔〕钇
〔負〕负
〔風〕风

【丶】

〔訂〕订
〔計〕计
〔訃〕讣
〔軍〕军
〔衹〕只

【乛】

〔陣〕阵
〔韋〕韦
〔陝〕陕
〔陘〕陉
〔飛〕飞

〔紆〕纡
〔紅〕红
〔紂〕纣
〔紈〕纨
〔級〕级
〔約〕约
〔紇〕纥
〔紀〕纪
〔紉〕纫

## 10 畫

【一】
〔馬〕马
〔挾〕挟
〔貢〕贡
〔紮〕扎
〔軒〕轩
〔連〕连
〔軔〕轫
〔剗〕刬

【丨】
〔鬥〕斗
〔時〕时
〔畢〕毕
〔財〕财
〔覎〕觃
〔閃〕闪
〔唄〕呗
〔員〕员
〔豈〕岂
〔峽〕峡
〔峴〕岘
〔剛〕刚
〔剮〕剐

【丿】
〔氣〕气
〔郵〕邮
〔倀〕伥
〔倆〕俩
〔條〕条
〔們〕们
〔個〕个
〔倫〕伦
〔隻〕只
〔島〕岛
〔烏〕乌
〔師〕师
〔徑〕径
〔釘〕钉
〔針〕针
〔釗〕钊
〔釙〕钋
〔釕〕钌
〔殺〕杀
〔倉〕仓
〔脈〕脉
〔飢〕饥
〔脅〕胁
〔狹〕狭
〔狽〕狈
〔芻〕刍

【丶】
〔訐〕讦
〔訌〕讧
〔討〕讨
〔訕〕讪
〔訖〕讫
〔訓〕训
〔這〕这
〔訊〕讯
〔記〕记
〔凍〕冻

〔畝〕亩
〔庫〕库
〔浹〕浃
〔涇〕泾

【乛】

〔書〕书
〔陸〕陆
〔陳〕陈
〔孫〕孙
〔陰〕阴
〔務〕务
〔紜〕纭
〔純〕纯
〔紕〕纰
〔紗〕纱
〔納〕纳
〔紝〕纴
〔紛〕纷
〔紙〕纸
〔紋〕纹
〔紡〕纺
〔紖〕纼
〔紐〕纽
〔紓〕纾

## *11* 畫

【一】

〔責〕责
〔現〕现
〔匭〕匦
〔規〕规
〔殼〕壳
〔埡〕垭
〔掗〕挜
〔掛〕挂
〔捨〕舍
〔捫〕扪
〔掆〕㧏
〔堝〕埚
〔頂〕顶
〔掄〕抡
〔執〕执
〔捲〕卷
〔掃〕扫
〔堊〕垩
〔萊〕莱
〔莖〕茎
〔莧〕苋
〔莊〕庄
〔乾〕干
〔梘〕枧
〔紮〕扎
〔軛〕轭
〔斬〕斩
〔軟〕软
〔專〕专
〔區〕区
〔脣〕唇
〔堅〕坚
〔帶〕带
〔厠〕厕
〔硃〕朱
〔麥〕麦
〔頃〕顷

【丨】

〔鹵〕卤
〔處〕处
〔敗〕败
〔販〕贩
〔貶〕贬
〔啞〕哑
〔閉〕闭

〔問〕问
〔婁〕娄
〔啢〕唡
〔異〕异
〔國〕国
〔喎〕㖞
〔帳〕帐
〔崬〕岽
〔崍〕崃
〔崑〕昆
〔崐〕昆
〔崗〕岗
〔圇〕囵
〔過〕过

【丿】

〔氫〕氢
〔動〕动
〔偵〕侦
〔側〕侧
〔貨〕货
〔進〕进
〔梟〕枭
〔鳥〕鸟
〔偉〕伟
〔徠〕徕
〔術〕术
〔從〕从
〔釷〕钍
〔釬〕钎
〔釧〕钏
〔釤〕钐
〔釣〕钓
〔釩〕钒
〔釹〕钕
〔釵〕钗
〔貪〕贪
〔覓〕觅
〔飥〕饦
〔貧〕贫
〔脛〕胫
〔週〕周
〔魚〕鱼

【丶】

〔詎〕讵
〔訝〕讶
〔訥〕讷
〔許〕许
〔訛〕讹
〔訢〕䜣
〔訩〕讻
〔訟〕讼
〔設〕设
〔訪〕访
〔訣〕诀
〔產〕产
〔牽〕牵
〔烴〕烃
〔淶〕涞
〔淺〕浅
〔渦〕涡
〔淪〕沦
〔淚〕泪
〔悵〕怅
〔鄆〕郓
〔啓〕启
〔視〕视

【乛】

〔將〕将
〔晝〕昼
〔張〕张
〔階〕阶
〔陽〕阳

〔隊〕队
〔婭〕娅
〔媧〕娲
〔婦〕妇
〔習〕习
〔參〕参
〔紺〕绀
〔紲〕绁
〔紱〕绂
〔組〕组
〔紳〕绅
〔紬〕䌷
〔細〕细
〔終〕终
〔絆〕绊
〔紼〕绋
〔絀〕绌
〔紹〕绍

〔紿〕绐
〔貫〕贯
〔鄉〕乡

## 12 畫

【一】

〔貳〕贰
〔頇〕顸
〔堯〕尧
〔揀〕拣
〔馭〕驭
〔項〕项
〔賁〕贲
〔場〕场
〔揚〕扬
〔塊〕块
〔達〕达
〔報〕报

〔揮〕挥
〔壺〕壶
〔惡〕恶
〔貰〕贳
〔華〕华
〔萊〕莱
〔萵〕莴
〔劄〕札
〔喪〕丧
〔棖〕枨
〔棟〕栋
〔棧〕栈
〔棡〕㭎
〔極〕极
〔軲〕轱
〔軻〕轲
〔軸〕轴
〔軼〕轶

〔軤〕轷
〔軫〕轸
〔軺〕轺
〔畫〕画
〔腎〕肾
〔棗〕枣
〔硨〕砗
〔硤〕硖
〔硯〕砚
〔殘〕残
〔雲〕云

【丨】

〔覘〕觇
〔睏〕困
〔貼〕贴
〔貺〕贶
〔貯〕贮
〔貽〕贻

〔閏〕闰
〔開〕开
〔閑〕闲
〔間〕间
〔閔〕闵
〔悶〕闷
〔貴〕贵
〔鄖〕郧
〔勛〕勋
〔單〕单
〔喲〕哟
〔買〕买
〔剴〕剀
〔凱〕凯
〔幀〕帧
〔嵐〕岚
〔幃〕帏
〔圍〕围

【丿】

〔無〕无
〔氳〕氲
〔喬〕乔
〔筍〕笋
〔筆〕笔
〔備〕备
〔貸〕贷
〔順〕顺
〔傖〕伧
〔㑳〕㑇
〔傑〕杰
〔傢〕家
〔鄔〕邬
〔眾〕众
〔復〕复
〔須〕须
〔鈃〕钘
〔鈣〕钙
〔鈈〕钚
〔鈦〕钛
〔鉅〕巨
〔釾〕釾
〔鈍〕钝
〔鈔〕钞
〔鈉〕钠
〔鈐〕钤
〔欽〕钦
〔鈞〕钧
〔鈎〕钩
〔鈧〕钪
〔鈁〕钫
〔鈥〕钬
〔鈄〕钭
〔鈕〕钮
〔鈀〕钯
〔傘〕伞
〔爺〕爷
〔創〕创
〔飩〕饨
〔飪〕饪
〔飫〕饫
〔飭〕饬
〔飯〕饭
〔飲〕饮
〔爲〕为
〔脹〕胀
〔腖〕胨
〔腡〕脶
〔勝〕胜
〔猶〕犹
〔貿〕贸
〔鄒〕邹

【丶】

〔詁〕诂
〔訶〕诃
〔評〕评
〔詛〕诅
〔詗〕诇
〔詐〕诈
〔訴〕诉
〔診〕诊
〔詆〕诋
〔註〕注
〔詞〕词
〔詘〕诎
〔詔〕诏
〔詒〕诒
〔馮〕冯
〔痙〕痉
〔勞〕劳
〔湞〕浈
〔測〕测
〔湯〕汤
〔淵〕渊
〔渢〕沨
〔渾〕浑
〔湧〕涌
〔愜〕惬
〔惻〕恻
〔惲〕恽
〔惱〕恼
〔運〕运
〔補〕补
〔禍〕祸

【乛】

〔尋〕寻
〔費〕费
〔違〕违
〔韌〕韧
〔隕〕陨
〔賀〕贺
〔發〕发
〔綁〕绑
〔絨〕绒
〔結〕结
〔絝〕绔
〔經〕经
〔絎〕绗
〔給〕给
〔絢〕绚
〔絳〕绛
〔絡〕络
〔絞〕绞
〔統〕统
〔絕〕绝
〔絲〕丝
〔幾〕几

## 13 畫

【一】

〔頊〕顼
〔琿〕珲
〔瑋〕玮
〔頑〕顽
〔載〕载
〔馱〕驮
〔馴〕驯
〔馳〕驰
〔塒〕埘
〔塤〕埙
〔損〕损
〔遠〕远
〔塏〕垲
〔勢〕势
〔搶〕抢

## 〔繁體字查簡體字〕

## 繁体字查简体字

| | | | |
|---|---|---|---|
| 〔搗〕捣 | 〔豎〕竖 | 〔暘〕旸 | 〔節〕节 |
| 〔塢〕坞 | 〔賈〕贾 | 〔閘〕闸 | 〔與〕与 |
| 〔聖〕圣 | 〔滙〕汇 | 〔黽〕黾 | 〔債〕债 |
| 〔葉〕叶 | 〔電〕电 | 〔暈〕晕 | 〔僅〕仅 |
| 〔萬〕万 | 〔頓〕顿 | 〔號〕号 | 〔傳〕传 |
| 〔葷〕荤 | 〔盞〕盏 | 〔園〕园 | 〔傴〕伛 |
| 〔葦〕苇 | 【丨】 | 〔跡〕迹 | 〔傾〕倾 |
| 〔葒〕荭 | 〔歲〕岁 | 〔蛺〕蛱 | 〔僂〕偻 |
| 〔葤〕荮 | 〔虜〕虏 | 〔蜆〕蚬 | 〔賃〕赁 |
| 〔幹〕干 | 〔業〕业 | 〔農〕农 | 〔傷〕伤 |
| 〔楨〕桢 | 〔當〕当 | 〔嗩〕唢 | 〔傭〕佣 |
| 〔楊〕杨 | 〔睞〕睐 | 〔嗶〕哔 | 〔鳧〕凫 |
| 〔嗇〕啬 | 〔賊〕贼 | 〔鳴〕鸣 | 〔裊〕袅 |
| 〔楓〕枫 | 〔賄〕贿 | 〔嗆〕呛 | 〔頎〕颀 |
| 〔軾〕轼 | 〔賂〕赂 | 〔圓〕圆 | 〔鈺〕钰 |
| 〔輕〕轻 | 〔賅〕赅 | 〔骯〕肮 | 〔鉦〕钲 |
| 〔輅〕辂 | 〔嗎〕吗 | 【丿】 | 〔鉗〕钳 |
| 〔較〕较 | 〔嘖〕啧 | 〔筧〕笕 | 〔鈷〕钴 |

| | | | |
|---|---|---|---|
| 〔鉢〕钵 | 〔鈮〕铌 | 〔鳩〕鸠 | 〔詭〕诡 |
| 〔鉅〕钜 | 〔鈹〕铍 | 〔獅〕狮 | 〔詢〕询 |
| 〔鈳〕钶 | 〔僉〕佥 | 〔猻〕狲 | 〔詣〕诣 |
| 〔鈸〕钹 | 〔會〕会 | 【丶】 | 〔諍〕诤 |
| 〔鉞〕钺 | 〔亂〕乱 | 〔誆〕诓 | 〔該〕该 |
| 〔鉬〕钼 | 〔愛〕爱 | 〔誄〕诔 | 〔詳〕详 |
| 〔鉭〕钽 | 〔飾〕饰 | 〔試〕试 | 〔詫〕诧 |
| 〔鉀〕钾 | 〔飽〕饱 | 〔詿〕诖 | 〔詡〕诩 |
| 〔鈾〕铀 | 〔飼〕饲 | 〔詩〕诗 | 〔裏〕里 |
| 〔鈿〕钿 | 〔飿〕饳 | 〔詰〕诘 | 〔準〕准 |
| 〔鉑〕铂 | 〔飴〕饴 | 〔誇〕夸 | 〔頏〕颃 |
| 〔鈴〕铃 | 〔頒〕颁 | 〔詼〕诙 | 〔資〕资 |
| 〔鉛〕铅 | 〔頌〕颂 | 〔誠〕诚 | 〔棄〕弃 |
| 〔鉚〕铆 | 〔腸〕肠 | 〔誅〕诛 | 〔羥〕羟 |
| 〔鈰〕铈 | 〔腫〕肿 | 〔話〕话 | 〔義〕义 |
| 〔鉉〕铉 | 〔腦〕脑 | 〔誕〕诞 | 〔煉〕炼 |
| 〔鉈〕铊 | 〔魛〕鱽 | 〔詬〕诟 | 〔煩〕烦 |
| 〔鉍〕铋 | 〔獁〕犸 | 〔詮〕诠 | 〔煬〕炀 |

〔塋〕茔
〔煢〕茕
〔煒〕炜
〔遞〕递
〔溝〕沟
〔漣〕涟
〔滅〕灭
〔溳〕涢
〔滌〕涤
〔溮〕浉
〔塗〕涂
〔滄〕沧
〔愷〕恺
〔愾〕忾
〔愴〕怆
〔㥮〕㤘
〔窩〕窝
〔禎〕祯
〔禕〕祎

【乛】

〔肅〕肃
〔裝〕装
〔遜〕逊
〔際〕际
〔媽〕妈
〔預〕预
〔綆〕绠
〔經〕经
〔綃〕绡
〔絹〕绢
〔綉〕绣
〔綏〕绥
〔綈〕绨
〔彙〕汇

## *14* 畫

【一】

〔瑪〕玛
〔璉〕琏
〔瑣〕琐
〔瑲〕玱
〔駁〕驳
〔摶〕抟
〔摳〕抠
〔趙〕赵
〔趕〕赶
〔摟〕搂
〔摑〕掴
〔臺〕台
〔撾〕挝
〔墊〕垫
〔壽〕寿
〔摺〕折
〔摻〕掺
〔摜〕掼
〔勩〕勚
〔蓋〕盖
〔蓮〕莲
〔蒔〕莳
〔蓽〕荜
〔夢〕梦
〔蒼〕苍
〔蓆〕席
〔蓀〕荪
〔蔭〕荫
〔蒓〕莼
〔構〕构
〔榿〕桤
〔覡〕觋
〔槍〕枪
〔輒〕辄
〔輔〕辅

〔輕〕轻
〔塹〕堑
〔匱〕匮
〔監〕监
〔緊〕紧
〔厭〕厌
〔碩〕硕
〔碭〕砀
〔碸〕砜
〔奩〕奁
〔爾〕尔
〔奪〕夺
〔殞〕殒
〔鳶〕鸢
〔巰〕巯

【丨】

〔對〕对
〔幣〕币
〔彆〕别
〔嘗〕尝
〔嘖〕啧
〔夥〕伙
〔賑〕赈
〔賒〕赊
〔嘆〕叹
〔暢〕畅
〔嘜〕唛
〔閨〕闺
〔聞〕闻
〔閧〕哄
〔閩〕闽
〔閭〕闾
〔閥〕阀
〔閤〕𬮤
〔閣〕阁
〔閿〕阌
〔閡〕阂
〔嘔〕呕
〔蝸〕蜗
〔團〕团
〔嘍〕喽
〔鄲〕郸
〔鳴〕鸣
〔幘〕帻
〔嶄〕崭
〔嶇〕岖
〔罰〕罚
〔嶁〕嵝
〔幗〕帼
〔圖〕图

【丿】

〔製〕制
〔稭〕秸
〔種〕种
〔稱〕称
〔箋〕笺
〔劄〕札
〔僥〕侥
〔僨〕偾
〔僕〕仆
〔僑〕侨
〔僞〕伪
〔僱〕雇
〔銜〕衔
〔鉶〕铏
〔銬〕铐
〔銠〕铑
〔鉺〕铒
〔銪〕铕
〔鋁〕铝
〔銅〕铜
〔錦〕锦

| | | | |
|---|---|---|---|
| 〔銦〕铟 | 〔餌〕饵 | 〔誥〕诰 | 〔養〕养 |
| 〔銖〕铢 | 〔蝕〕蚀 | 〔誘〕诱 | 〔鄰〕邻 |
| 〔銑〕铣 | 〔餉〕饷 | 〔誨〕诲 | 〔鄭〕郑 |
| 〔銩〕铥 | 〔餄〕饸 | 〔誑〕诳 | 〔熗〕炝 |
| 〔銓〕铨 | 〔餎〕饹 | 〔說〕说 | 〔榮〕荣 |
| 〔鉿〕铪 | 〔餃〕饺 | 〔認〕认 | 〔滎〕荥 |
| 〔銚〕铫 | 〔銥〕铱 | 〔誦〕诵 | 〔犖〕荦 |
| 〔銘〕铭 | 〔餅〕饼 | 〔誒〕诶 | 〔熒〕荧 |
| 〔鉻〕铬 | 〔領〕领 | 〔廣〕广 | 〔漬〕渍 |
| 〔錚〕铮 | 〔鳳〕凤 | 〔麼〕么 | 〔漢〕汉 |
| 〔銫〕铯 | 〔颱〕台 | 〔廎〕庼 | 〔滿〕满 |
| 〔鉸〕铰 | 〔獄〕狱 | 〔瘧〕疟 | 〔漸〕渐 |
| 〔銥〕铱 | 【丶】 | 〔瘍〕疡 | 〔漚〕沤 |
| 〔銃〕铳 | 〔誡〕诫 | 〔瘋〕疯 | 〔滯〕滞 |
| 〔銨〕铵 | 〔誣〕诬 | 〔塵〕尘 | 〔滷〕卤 |
| 〔銀〕银 | 〔語〕语 | 〔颯〕飒 | 〔漊〕溇 |
| 〔銣〕铷 | 〔誚〕诮 | 〔適〕适 | 〔漁〕渔 |
| 〔戧〕戗 | 〔誤〕误 | 〔齊〕齐 | 〔滸〕浒 |

## 15 畫

### 【一】

〔鬧〕闹
〔璡〕琎
〔靚〕靓
〔輦〕辇
〔髮〕发
〔撓〕挠
〔墳〕坟
〔撻〕挞
〔駔〕驵
〔駛〕驶
〔駟〕驷
〔駙〕驸
〔駒〕驹
〔駐〕驻
〔駝〕驼
〔駘〕骀
〔緄〕绲
〔綱〕纲
〔網〕网
〔維〕维
〔綿〕绵
〔綸〕纶
〔綬〕绶
〔繃〕绷
〔綢〕绸
〔綹〕绺
〔綣〕绻
〔綜〕综
〔綻〕绽
〔綰〕绾
〔綠〕绿
〔綴〕缀
〔緇〕缁
〔劃〕划
〔盡〕尽
〔屢〕屡
〔獎〕奖
〔墮〕堕
〔隨〕随
〔韍〕韨
〔墜〕坠
〔嫗〕妪
〔頗〕颇
〔態〕态
〔鄧〕邓
〔緒〕绪
〔綾〕绫
〔綺〕绮
〔綫〕线
〔緋〕绯
〔綽〕绰
〔鏟〕铲
〔滬〕沪
〔漲〕涨
〔滲〕渗
〔慚〕惭
〔慪〕怄
〔慳〕悭
〔慟〕恸
〔慘〕惨
〔慣〕惯
〔賓〕宾
〔窪〕洼
〔寧〕宁
〔寢〕寝
〔實〕实
〔皺〕皱
〔複〕复

### 【乛】

| | | | |
|---|---|---|---|
| 〔撲〕扑 | 〔蔔〕卜 | 〔輪〕轮 | 【丨】 |
| 〔頡〕颉 | 〔蔴〕麻 | 〔輟〕辍 | 〔輩〕辈 |
| 〔撣〕掸 | 〔蔣〕蒋 | 〔輜〕辎 | 〔劌〕刿 |
| 〔賣〕卖 | 〔薌〕芗 | 〔甌〕瓯 | 〔齒〕齿 |
| 〔撫〕抚 | 〔樁〕桩 | 〔歐〕欧 | 〔劇〕剧 |
| 〔撟〕挢 | 〔樞〕枢 | 〔毆〕殴 | 〔膚〕肤 |
| 〔撳〕揿 | 〔標〕标 | 〔賢〕贤 | 〔慮〕虑 |
| 〔熱〕热 | 〔樓〕楼 | 〔遷〕迁 | 〔鄴〕邺 |
| 〔鞏〕巩 | 〔樅〕枞 | 〔鴯〕鸸 | 〔輝〕辉 |
| 〔摯〕挚 | 〔麩〕麸 | 〔憂〕忧 | 〔賞〕赏 |
| 〔撈〕捞 | 〔賚〕赉 | 〔厲〕厉 | 〔賦〕赋 |
| 〔穀〕谷 | 〔樣〕样 | 〔碼〕码 | 〔䝼〕𬹼 |
| 〔慤〕悫 | 〔橢〕椭 | 〔磑〕硙 | 〔賬〕账 |
| 〔撏〕挦 | 〔輛〕辆 | 〔確〕确 | 〔賭〕赌 |
| 〔撥〕拨 | 〔輥〕辊 | 〔賫〕赍 | 〔賤〕贱 |
| 〔蔞〕蒌 | 〔輞〕辋 | 〔遼〕辽 | 〔賜〕赐 |
| 〔蔦〕茑 | 〔槧〕椠 | 〔殤〕殇 | 〔賙〕赒 |
| 〔蓯〕苁 | 〔暫〕暂 | 〔鴉〕鸦 | 〔賠〕赔 |

〔賧〕赕
〔嘵〕哓
〔嘖〕啧
〔噠〕哒
〔惡〕恶
〔閫〕阃
〔閸〕𬮱
〔閱〕阅
〔閬〕阆
〔數〕数
〔踐〕践
〔遺〕遗
〔蝦〕虾
〔嘸〕呒
〔嘮〕唠
〔嘩〕哗
〔嘰〕叽
〔噝〕咝

〔嶢〕峣
〔罷〕罢
〔嶠〕峤
〔嶔〕嵚
〔幟〕帜
〔嶗〕崂

【丿】

〔頲〕颋
〔篋〕箧
〔範〕范
〔價〕价
〔儂〕侬
〔儉〕俭
〔儈〕侩
〔億〕亿
〔儀〕仪
〔皚〕皑
〔樂〕乐

〔質〕质
〔徵〕徵
〔衝〕冲
〔慫〕怂
〔徹〕彻
〔衛〕卫
〔盤〕盘
〔鋪〕铺
〔鋏〕铗
〔鉽〕铽
〔銷〕销
〔鋥〕锃
〔鋰〕锂
〔鋇〕钡
〔鋤〕锄
〔鋯〕锆
〔鋨〕锇
〔鋩〕铓

〔銹〕锈
〔銼〕锉
〔鋒〕锋
〔鋅〕锌
〔鋭〕锐
〔銻〕锑
〔鋃〕锒
〔鋟〕锓
〔錒〕锕
〔鋦〕锔
〔頜〕颌
〔劍〕剑
〔劊〕刽
〔鄶〕郐
〔餑〕饽
〔餓〕饿
〔餘〕余
〔餒〕馁

〔膞〕䏝
〔膕〕腘
〔膠〕胶
〔鴇〕鸨
〔魷〕鱿
〔魯〕鲁
〔魴〕鲂
〔潁〕颍
〔颳〕刮
〔劉〕刘
〔皺〕皱

【丶】

〔請〕请
〔諸〕诸
〔諏〕诹
〔諑〕诼
〔誹〕诽
〔課〕课
〔諉〕诿
〔諛〕谀
〔誰〕谁
〔論〕论
〔諗〕谂
〔調〕调
〔諂〕谄
〔諒〕谅
〔諄〕谆
〔誶〕谇
〔談〕谈
〔誼〕谊
〔廟〕庙
〔廠〕厂
〔廡〕庑
〔瘞〕瘗
〔瘡〕疮
〔賡〕赓
〔慶〕庆
〔廢〕废
〔敵〕敌
〔頦〕颏
〔導〕导
〔瑩〕莹
〔潔〕洁
〔澆〕浇
〔澾〕㳠
〔潤〕润
〔澗〕涧
〔潰〕溃
〔潿〕涠
〔潷〕滗
〔潙〕沩
〔澇〕涝
〔潯〕浔
〔潑〕泼
〔憤〕愤
〔憫〕悯
〔憒〕愦
〔憚〕惮
〔憮〕怃
〔憐〕怜
〔寬〕宽
〔寫〕写
〔審〕审
〔窮〕穷
〔褳〕裢
〔褲〕裤
〔鴆〕鸩

【乛】

〔遲〕迟
〔層〕层
〔彈〕弹
〔選〕选

〔槳〕桨
〔漿〕浆
〔險〕险
〔嬈〕娆
〔嫻〕娴
〔駕〕驾
〔嬋〕婵
〔嫵〕妩
〔嬌〕娇
〔嬀〕妫
〔嬙〕嫱
〔駑〕驽
〔翬〕翚
〔毿〕毵
〔緙〕缂
〔緗〕缃
〔練〕练
〔緘〕缄

〔緬〕缅
〔緹〕缇
〔緲〕缈
〔緝〕缉
〔緼〕缊
〔緦〕缌
〔緞〕缎
〔緱〕缑
〔縋〕缒
〔緩〕缓
〔締〕缔
〔編〕编
〔緡〕缗
〔緯〕纬
〔緣〕缘

## 16 畫

【一】

〔璣〕玑
〔墻〕墙
〔駱〕骆
〔駭〕骇
〔駢〕骈
〔擓〕㧟
〔擄〕掳
〔擋〕挡
〔擇〕择
〔赬〕赪
〔撿〕捡
〔擔〕担
〔壇〕坛
〔擁〕拥
〔據〕据
〔蕘〕荛
〔蕆〕蒇
〔雲〕云

〔邁〕迈
〔蕢〕蒉
〔蕒〕荬
〔蕪〕芜
〔蕎〕荞
〔蕕〕莸
〔蕩〕荡
〔蕁〕荨
〔頤〕颐
〔鴣〕鸪
〔橈〕桡
〔樹〕树
〔樸〕朴
〔橋〕桥
〔機〕机
〔樺〕桦
〔輳〕辏
〔輻〕辐

〔輯〕辑
〔輸〕输
〔賴〕赖
〔頭〕头
〔醞〕酝
〔醜〕丑
〔勵〕励
〔磧〕碛
〔磚〕砖
〔磣〕碜
〔歷〕历
〔曆〕历
〔奮〕奋
〔頰〕颊
〔殨〕㱮
〔殫〕殚
〔頸〕颈

【丨】

〔閧〕哄
〔頻〕频
〔盧〕卢
〔曉〕晓
〔曄〕晔
〔瞞〕瞒
〔縣〕县
〔瞘〕眍
〔瞜〕䁖
〔賵〕赗
〔鴨〕鸭
〔閾〕阈
〔閹〕阉
〔閶〕阊
〔閿〕阌
〔閽〕阍
〔閻〕阎
〔閼〕阏
〔曇〕昙
〔噸〕吨
〔鴞〕鸮
〔噦〕哕
〔踴〕踊
〔螞〕蚂
〔螄〕蛳
〔噹〕当
〔罵〕骂
〔噥〕哝
〔戰〕战
〔噲〕哙
〔鴦〕鸯
〔噯〕嗳
〔嘯〕啸
〔還〕还
〔嶧〕峄
〔嶼〕屿

【丿】

〔積〕积
〔頹〕颓
〔穇〕䅟
〔篤〕笃
〔築〕筑
〔篳〕筚
〔篩〕筛
〔舉〕举
〔興〕兴
〔嶨〕峃
〔學〕学
〔儔〕俦
〔憊〕惫
〔儕〕侪
〔儐〕傧
〔儘〕尽
〔鴕〕鸵

〔艙〕舱
〔錶〕表
〔鍺〕锗
〔錯〕错
〔鍩〕锘
〔錸〕铼
〔錢〕钱
〔鍀〕锝
〔錁〕锞
〔錕〕锟
〔鍆〕钔
〔錫〕锡
〔錮〕锢
〔鋼〕钢
〔鍋〕锅
〔錘〕锤
〔錐〕锥
〔錦〕锦

〔鍁〕锨
〔錇〕锫
〔錠〕锭
〔鍵〕键
〔錄〕录
〔鋸〕锯
〔錳〕锰
〔錙〕锱
〔覦〕觎
〔墾〕垦
〔貓〕猫
〔餞〕饯
〔餜〕馃
〔餛〕馄
〔餡〕馅
〔館〕馆
〔頷〕颔
〔鴿〕鸽

〔膩〕腻
〔鴟〕鸱
〔鮁〕鲅
〔鮃〕鲆
〔鮎〕鲇
〔鮓〕鲊
〔穌〕稣
〔鮒〕鲋
〔鮣〕䲟
〔鮑〕鲍
〔鮍〕鲏
〔鮐〕鲐
〔鴝〕鸲
〔穎〕颖
〔獨〕独
〔獫〕猃
〔獪〕狯
〔鴛〕鸳

## 【、】

〔諾〕诺
〔謀〕谋
〔諶〕谌
〔諜〕谍
〔諫〕谏
〔諧〕谐
〔謔〕谑
〔謁〕谒
〔謂〕谓
〔諤〕谔
〔諭〕谕
〔諼〕谖
〔諷〕讽
〔諮〕谘
〔諳〕谙
〔諺〕谚
〔諦〕谛

〔謎〕谜
〔諢〕诨
〔諞〕谝
〔諱〕讳
〔諝〕谞
〔憑〕凭
〔鄺〕邝
〔瘻〕瘘
〔瘮〕瘆
〔親〕亲
〔辦〕办
〔龍〕龙
〔劑〕剂
〔燁〕烨
〔燒〕烧
〔燜〕焖
〔熾〕炽
〔螢〕萤
〔營〕营
〔縈〕萦
〔燈〕灯
〔燙〕烫
〔澠〕渑
〔濃〕浓
〔澤〕泽
〔濁〕浊
〔澮〕浍
〔澱〕淀
〔澦〕滪
〔懌〕怿
〔憶〕忆
〔憲〕宪
〔窺〕窥
〔窶〕窭
〔窵〕窎
〔褸〕褛
〔禪〕禅

【乛】

〔隱〕隐
〔嬙〕嫱
〔嬡〕嫒
〔縉〕缙
〔縝〕缜
〔縛〕缚
〔縟〕缛
〔緻〕致
〔縧〕绦
〔縫〕缝
〔縐〕绉
〔縗〕缞
〔縞〕缟
〔縭〕缡
〔縑〕缣
〔縊〕缢

## 17 畫

【一】

〔耬〕耧
〔環〕环
〔贅〕赘
〔璦〕瑷
〔覯〕觏
〔黿〕鼋
〔幫〕帮
〔騁〕骋
〔駸〕骎
〔駿〕骏
〔趨〕趋
〔擱〕搁
〔擬〕拟
〔擴〕扩
〔壙〕圹

| | | | |
|---|---|---|---|
| 〔擠〕挤 | 〔艱〕艰 | 〔礄〕硚 | 〔嚇〕吓 |
| 〔蟄〕蛰 | 〔韓〕韩 | 〔磯〕矶 | 〔闌〕阑 |
| 〔縶〕絷 | 〔隸〕隶 | 〔鴯〕鸸 | 〔闃〕阒 |
| 〔擲〕掷 | 〔檉〕柽 | 〔邇〕迩 | 〔闆〕板 |
| 〔擯〕摈 | 〔檣〕樯 | 〔尷〕尴 | 〔闊〕阔 |
| 〔擰〕拧 | 〔櫝〕椟 | 〔鴷〕䴕 | 〔闈〕闱 |
| 〔轂〕毂 | 〔檔〕档 | 〔殮〕殓 | 〔闋〕阕 |
| 〔聲〕声 | 〔櫛〕栉 | 【丨】 | 〔曖〕暧 |
| 〔薔〕蔷 | 〔檢〕检 | 〔齔〕龀 | 〔蹕〕跸 |
| 〔薑〕姜 | 〔檜〕桧 | 〔戲〕戏 | 〔蹌〕跄 |
| 〔薈〕荟 | 〔麯〕曲 | 〔虧〕亏 | 〔蟎〕螨 |
| 〔薊〕蓟 | 〔轅〕辕 | 〔斃〕毙 | 〔螻〕蝼 |
| 〔薦〕荐 | 〔轄〕辖 | 〔瞭〕了 | 〔蟈〕蝈 |
| 〔蕭〕萧 | 〔輾〕辗 | 〔顆〕颗 | 〔雖〕虽 |
| 〔薩〕萨 | 〔擊〕击 | 〔購〕购 | 〔嚀〕咛 |
| 〔蕷〕蓣 | 〔臨〕临 | 〔賻〕赙 | 〔覬〕觊 |
| 〔聰〕聪 | 〔磽〕硗 | 〔嬰〕婴 | 〔嶺〕岭 |
| 〔聯〕联 | 〔壓〕压 | 〔賺〕赚 | 〔嶸〕嵘 |

〔點〕点

【丿】

〔矯〕矫
〔鴰〕鸹
〔簀〕箦
〔簍〕篓
〔輿〕舆
〔歟〕欤
〔鵂〕鸺
〔龜〕龟
〔優〕优
〔償〕偿
〔儲〕储
〔魎〕魉
〔鴴〕鸻
〔禦〕御
〔聳〕耸
〔鵃〕鸼
〔鍥〕锲
〔鍇〕锴
〔鍘〕铡
〔鍚〕钖
〔鍶〕锶
〔錨〕锚
〔鍩〕锘
〔鍔〕锷
〔鍤〕锸
〔鍾〕钟
〔鍛〕锻
〔鎪〕锼
〔鍬〕锹
〔鍰〕锾
〔鎄〕锿
〔鍍〕镀
〔鎂〕镁
〔鎡〕镃
〔鎇〕镅
〔懇〕恳
〔餷〕馇
〔餳〕饧
〔餶〕馉
〔餿〕馊
〔斂〕敛
〔鴿〕鸽
〔膿〕脓
〔臉〕脸
〔膾〕脍
〔膽〕胆
〔謄〕誊
〔鮭〕鲑
〔鮚〕鲒
〔鮪〕鲔
〔鮦〕鲖
〔鮫〕鲛
〔鮮〕鲜
〔颶〕飓
〔獲〕获
〔獷〕犷
〔獰〕狞

【丶】

〔謊〕谎
〔講〕讲
〔謨〕谟
〔謖〕谡
〔謝〕谢
〔謠〕谣
〔謅〕诌
〔謗〕谤
〔謚〕谥
〔謙〕谦
〔謐〕谧
〔褻〕亵

| | | | |
|---|---|---|---|
| 〔氈〕毡 | 〔濟〕济 | 〔績〕绩 | 〔釐〕厘 |
| 〔應〕应 | 〔濱〕滨 | 〔縹〕缥 | 〔攆〕撵 |
| 〔療〕疗 | 〔濘〕泞 | 〔縷〕缕 | 〔鬆〕松 |
| 〔癇〕痫 | 〔濜〕浕 | 〔縵〕缦 | 〔翹〕翘 |
| 〔癉〕瘅 | 〔澀〕涩 | 〔縲〕缧 | 〔擷〕撷 |
| 〔癆〕痨 | 〔濛〕蒙 | 〔總〕总 | 〔擾〕扰 |
| 〔鵁〕䴔 | 〔濰〕潍 | 〔縱〕纵 | 〔騏〕骐 |
| 〔齋〕斋 | 〔懨〕恹 | 〔縴〕纤 | 〔騎〕骑 |
| 〔鴦〕鸯 | 〔懞〕蒙 | 〔縮〕缩 | 〔騍〕骒 |
| 〔糞〕粪 | 〔賽〕赛 | 〔繆〕缪 | 〔騅〕骓 |
| 〔糝〕糁 | 〔襇〕裥 | 〔繅〕缫 | 〔攄〕摅 |
| 〔燦〕灿 | 〔䙡〕𫋹 | 〔嚮〕向 | 〔擻〕擞 |
| 〔燭〕烛 | 〔襖〕袄 | | 〔鼕〕冬 |
| 〔燴〕烩 | 〔禮〕礼 | **18 畫** | 〔擺〕摆 |
| 〔鴻〕鸿 | 【乛】 | 【一】 | 〔贄〕贽 |
| 〔濤〕涛 | 〔屨〕屦 | 〔耮〕耢 | 〔燾〕焘 |
| 〔濫〕滥 | 〔彌〕弥 | 〔鬩〕阋 | 〔聶〕聂 |
| 〔濕〕湿 | 〔嬪〕嫔 | 〔瓊〕琼 | 〔聵〕聩 |

〔職〕职
〔藉〕借
〔藍〕蓝
〔舊〕旧
〔薺〕荠
〔藎〕荩
〔覲〕觐
〔鞦〕秋
〔賾〕赜
〔檯〕台
〔櫃〕柜
〔檻〕槛
〔櫚〕榈
〔檳〕槟
〔檸〕柠
〔鵓〕鹁
〔轉〕转
〔轆〕辘

〔覆〕复
〔醫〕医
〔礎〕础
〔殯〕殡
〔霧〕雾

【丨】

〔豐〕丰
〔覷〕觑
〔懟〕怼
〔叢〕丛
〔題〕题
〔韙〕韪
〔瞼〕睑
〔闖〕闯
〔闔〕阖
〔闐〕阗
〔闓〕闿
〔闕〕阙

〔顒〕颙
〔曠〕旷
〔蹣〕蹒
〔嚙〕啮
〔壘〕垒
〔蟯〕蛲
〔蟲〕虫
〔蟬〕蝉
〔蟣〕虮
〔鵑〕鹃
〔嚕〕噜
〔顓〕颛

【丿】

〔鵠〕鹄
〔鵝〕鹅
〔穡〕穑
〔穢〕秽
〔簡〕简

〔簣〕篑
〔簞〕箪
〔雙〕双
〔軀〕躯
〔邊〕边
〔歸〕归
〔鎮〕镇
〔鏈〕链
〔鎘〕镉
〔鎖〕锁
〔鎧〕铠
〔鐫〕镌
〔鎳〕镍
〔鎢〕钨
〔鎩〕铩
〔鎿〕镎
〔鎦〕镏
〔鎬〕镐

〔鎊〕镑
〔鎰〕镒
〔鎵〕镓
〔鎘〕镉
〔鴿〕鸽
〔饃〕馍
〔餺〕馎
〔餼〕饩
〔餾〕馏
〔饈〕馐
〔臍〕脐
〔鯁〕鲠
〔鯉〕鲤
〔鯀〕鲧
〔鯇〕鲩
〔鯽〕鲫
〔颸〕飔
〔颼〕飕

〔觴〕觞
〔獵〕猎
〔雛〕雏
〔臏〕膑

【丶】

〔謹〕谨
〔謳〕讴
〔謾〕谩
〔謫〕谪
〔譾〕谫
〔謬〕谬
〔癘〕疠
〔癤〕疖
〔雜〕杂
〔離〕离
〔顏〕颜
〔糧〕粮
〔燼〕烬

〔鵜〕鹈
〔瀆〕渎
〔𤄷〕𬇹
〔濾〕滤
〔鯊〕鲨
〔濺〕溅
〔瀏〕浏
〔濼〕泺
〔瀉〕泻
〔瀋〕沈
〔竄〕窜
〔竅〕窍
〔額〕额
〔禰〕祢
〔襠〕裆
〔襝〕裣
〔禱〕祷

【乛】

〔醬〕酱
〔韞〕韫
〔隴〕陇
〔嬸〕婶
〔繞〕绕
〔繚〕缭
〔織〕织
〔繕〕缮
〔繒〕缯
〔繡〕绣
〔斷〕断

## 19 畫

【一】

〔鵡〕鹉
〔鶄〕䴖
〔鬍〕胡
〔騙〕骗

〔騷〕骚
〔壢〕坜
〔壚〕垆
〔壞〕坏
〔擾〕扰
〔藝〕艺
〔藪〕薮
〔蠆〕虿
〔繭〕茧
〔藥〕药
〔藭〕䓖
〔蘊〕蕴
〔難〕难
〔鶓〕鹋
〔鵲〕鹊
〔顛〕颠
〔櫝〕椟
〔櫟〕栎

〔櫓〕橹
〔櫧〕槠
〔櫞〕橼
〔轎〕轿
〔鏨〕錾
〔轍〕辙
〔轔〕辚
〔繫〕系
〔鶇〕鸫
〔麗〕丽
〔厴〕厣
〔礙〕碍
〔礦〕矿
〔贗〕赝
〔願〕愿
〔鵻〕䳡
〔璽〕玺
〔豶〕豮

【丨】
〔贈〕赠
〔矇〕蒙
〔闞〕阚
〔關〕关
〔嚦〕呖
〔疇〕畴
〔蹺〕跷
〔蟶〕蛏
〔蠅〕蝇
〔蟻〕蚁
〔嚴〕严
〔獸〕兽
〔嚨〕咙
〔羆〕罴
〔羅〕罗

【丿】
〔氌〕氇

〔犢〕犊
〔贊〕赞
〔穩〕稳
〔穫〕获
〔簽〕签
〔簾〕帘
〔簫〕箫
〔牘〕牍
〔懲〕惩
〔鏗〕铿
〔鏢〕镖
〔鏜〕镗
〔鏤〕镂
〔鏝〕镘
〔鏰〕镚
〔鏞〕镛
〔鏡〕镜
〔鏟〕铲

〔鏑〕镝
〔鏃〕镞
〔鏇〕镟
〔鏘〕锵
〔辭〕辞
〔饉〕馑
〔饅〕馒
〔鵬〕鹏
〔臘〕腊
〔鯖〕鲭
〔鯪〕鲮
〔鯫〕鲰
〔鯡〕鲱
〔鯤〕鲲
〔鯧〕鲳
〔鯢〕鲵
〔鯰〕鲶
〔鯛〕鲷
〔鯨〕鲸
〔鯔〕鲻
〔獺〕獭
〔鶓〕鹋
〔飀〕飗

【丶】

〔譚〕谭
〔譖〕谮
〔譙〕谯
〔識〕识
〔譜〕谱
〔證〕证
〔譎〕谲
〔譏〕讥
〔鶉〕鹑
〔廬〕庐
〔癟〕瘪
〔癡〕痴
〔癢〕痒
〔龐〕庞
〔壟〕垄
〔韻〕韵
〔鶊〕鹒
〔類〕类
〔爍〕烁
〔瀨〕濑
〔瀝〕沥
〔瀕〕濒
〔瀘〕泸
〔瀧〕泷
〔懶〕懒
〔懷〕怀
〔寵〕宠
〔襤〕褴

【乛】

〔韜〕韬
〔騭〕骘
〔騖〕骛
〔顙〕颡
〔繮〕缰
〔繩〕绳
〔繾〕缱
〔繰〕缲
〔繹〕绎
〔繯〕缳
〔繳〕缴
〔繪〕绘

## 20 畫

【一】

〔瓏〕珑
〔驁〕骜
〔騮〕骝
〔騶〕驺

〔騸〕骟
〔攖〕撄
〔攔〕拦
〔攙〕搀
〔聹〕聍
〔顳〕颞
〔蘀〕萚
〔藶〕苈
〔蘋〕苹
〔蘆〕芦
〔藺〕蔺
〔躉〕趸
〔蘄〕蕲
〔勸〕劝
〔蘇〕苏
〔藹〕蔼
〔蘢〕茏
〔鶘〕鹕

〔飄〕飘
〔櫪〕枥
〔櫨〕栌
〔櫸〕榉
〔礬〕矾
〔麵〕面
〔櫬〕榇
〔櫳〕栊
〔礫〕砾
〔礪〕砺

【丨】

〔鹹〕咸
〔鹺〕鹾
〔齟〕龃
〔齡〕龄
〔齣〕出
〔齙〕龅
〔齠〕龆

〔獻〕献
〔黨〕党
〔懸〕悬
〔鶪〕䴗
〔罌〕罂
〔贍〕赡
〔闥〕闼
〔闡〕阐
〔鷊〕鹝
〔曨〕昽
〔蠐〕蛴
〔蠑〕蝾
〔嚶〕嘤
〔鶚〕鹗
〔髏〕髅
〔鶻〕鹘

【丿】

〔犧〕牺

〔鶖〕鹙
〔籌〕筹
〔籃〕篮
〔譽〕誉
〔覺〕觉
〔嚳〕喾
〔艦〕舰
〔鐃〕铙
〔鏵〕铧
〔鐝〕镢
〔鐯〕锗
〔鐐〕镣
〔鏷〕镤
〔鐦〕锎
〔鐧〕锏
〔鐓〕镦
〔鐘〕钟
〔鐥〕𫓹

〔鐠〕镨
〔鐒〕铹
〔鏹〕镪
〔鏽〕锈
〔鐨〕镄
〔鐙〕镫
〔鏺〕䥽
〔釋〕释
〔饒〕饶
〔饊〕馓
〔饋〕馈
〔饌〕馔
〔饑〕饥
〔臚〕胪
〔朧〕胧
〔騰〕腾
〔鰭〕鳍
〔鰈〕鲽

〔鰂〕鲗
〔鰮〕鳁
〔鰓〕鳃
〔鰐〕鳄
〔鰍〕鳅
〔鰒〕鳆
〔鰉〕鳇
〔鰌〕䲡
〔鯿〕鳊
〔獼〕猕
〔觸〕触

【、】

〔譴〕谴
〔譯〕译
〔譫〕谵
〔議〕议
〔癥〕症
〔辮〕辫

〔龔〕龚
〔競〕竞
〔贏〕赢
〔糰〕团
〔鶿〕鹚
〔爐〕炉
〔瀟〕潇
〔瀾〕澜
〔瀲〕潋
〔瀰〕弥
〔懺〕忏
〔寶〕宝
〔騫〕骞
〔竇〕窦
〔襬〕摆
〔襪〕袜

【乛】

〔鶥〕鹛

〔鶩〕鹜
〔纊〕纩
〔繽〕缤
〔繼〕继
〔饗〕飨
〔響〕响

## 21 畫

【一】

〔䎱〕䎬
〔瓔〕璎
〔鰲〕鳌
〔攝〕摄
〔騾〕骡
〔驅〕驱
〔驃〕骠
〔驄〕骢
〔驂〕骖

〔㩳〕㧐
〔攛〕撺
〔韃〕鞑
〔鞽〕鞒
〔驀〕蓦
〔蘭〕兰
〔蘞〕蔹
〔蘚〕藓
〔櫻〕樱
〔欄〕栏
〔轟〕轰
〔覽〕览
〔酈〕郦
〔飆〕飙
〔殲〕歼

【丨】

〔齜〕龇
〔齦〕龈
〔[illegible]〕[illegible]
〔贐〕赆
〔囁〕嗫
〔闢〕辟
〔囀〕啭
〔顥〕颢
〔躊〕踌
〔躋〕跻
〔躑〕踯
〔躍〕跃
〔纍〕累
〔蠟〕蜡
〔蠣〕蛎
〔囂〕嚣
〔巋〕岿

【丿】

〔儺〕傩
〔儷〕俪
〔儼〕俨
〔鷉〕䴘
〔衊〕蔑
〔鐵〕铁
〔鐳〕镭
〔鐺〕铛
〔鐸〕铎
〔鐶〕镮
〔鐲〕镯
〔鐮〕镰
〔鐿〕镱
〔鶺〕鹡
〔鷂〕鹞
〔雞〕鸡
〔鶬〕鸧
〔[illegible]〕[illegible]
〔鰭〕鳍
〔鰱〕鲢
〔鰣〕鲥
〔鰨〕鳎
〔鰥〕鳏
〔鰷〕鲦
〔鰟〕鳑
〔鰜〕鳒

【、】

〔護〕护
〔糲〕粝
〔癩〕癞
〔癧〕疬
〔癮〕瘾
〔斕〕斓
〔辯〕辩
〔礱〕砻
〔鶼〕鹣
〔爛〕烂
〔鶯〕莺

〔灄〕滠
〔灃〕沣
〔灕〕漓
〔懾〕慑
〔懼〕惧
〔竈〕灶
〔顧〕顾
〔襯〕衬
〔鶴〕鹤

【㇇】

〔屬〕属
〔纈〕缬
〔續〕续
〔纏〕缠

## 22 畫

【一】

〔鬚〕须
〔驍〕骁
〔驊〕骅
〔驕〕骄
〔攤〕摊
〔覿〕觌
〔攢〕攒
〔鷙〕鸷
〔聽〕听
〔歡〕欢
〔權〕权
〔轢〕轹
〔鷗〕鸥
〔鑒〕鉴
〔邐〕逦
〔鷖〕鹥
〔霽〕霁

【丨】

〔齬〕龉
〔齪〕龊
〔鱉〕鳖
〔贖〕赎
〔躚〕跹
〔躓〕踬
〔囈〕呓
〔囉〕罗
〔𡅅〕㘎
〔囅〕冁
〔巔〕巅
〔巖〕岩
〔邏〕逻
〔體〕体
〔髒〕脏

【丿】

〔罎〕坛
〔籜〕箨
〔籟〕籁
〔籙〕箓
〔籠〕笼
〔鼈〕鳖
〔儻〕傥
〔艫〕舻
〔鑄〕铸
〔鑌〕镔
〔鑔〕镲
〔鑊〕镬
〔龕〕龛
〔糴〕籴
〔臟〕脏
〔鰳〕鳓
〔鰹〕鲣
〔鰾〕鳔
〔鱈〕鳕
〔鰻〕鳗
〔鱅〕鳙

〔鰼〕鳛
〔玀〕猡

【丶】

〔讀〕读
〔讅〕谉
〔巒〕峦
〔彎〕弯
〔孿〕孪
〔孌〕娈
〔顫〕颤
〔鷓〕鹧
〔癭〕瘿
〔癬〕癣
〔聾〕聋
〔龔〕龚
〔襲〕袭
〔灘〕滩
〔灑〕洒
〔竊〕窃

【乛】

〔鷚〕鹨
〔轡〕辔

## 23 畫

【一】

〔瓚〕瓒
〔驛〕驿
〔驗〕验
〔蘿〕萝
〔驚〕惊
〔攪〕搅
〔欏〕椤
〔轤〕轳
〔靨〕靥
〔魘〕魇
〔饜〕餍
〔鷯〕鹩
〔靆〕叇
〔顬〕颥

【丨】

〔囌〕苏
〔曬〕晒
〔鷳〕鹇
〔顯〕显
〔蠱〕蛊
〔蠨〕蟏
〔髕〕髌

【丿】

〔籤〕签
〔讎〕雠
〔鷦〕鹪
〔黴〕霉
〔鑠〕铄
〔鑕〕锧
〔鑥〕镥
〔鑣〕镳
〔鑞〕镴
〔臢〕臜
〔鱖〕鳜
〔鱔〕鳝
〔鱗〕鳞
〔鱒〕鳟
〔鱘〕鲟

【丶】

〔讌〕䜩
〔欒〕栾
〔攣〕挛
〔變〕变
〔戀〕恋
〔鷲〕鹫
〔癰〕痈
〔齏〕齑

〔讋〕詟

【ㄱ】

〔鷸〕鹬
〔纓〕缨
〔纖〕纤
〔纔〕才
〔鷥〕鸶

## 24 畫

【一】

〔鬢〕鬓
〔攬〕揽
〔驟〕骤
〔壩〕坝
〔韆〕千
〔觀〕观
〔鹽〕盐
〔釀〕酿
〔靂〕雳
〔靈〕灵
〔靄〕霭
〔蠶〕蚕

【丨】

〔豔〕艳
〔顰〕颦
〔齲〕龋
〔齷〕龌
〔鹼〕硷
〔贓〕赃
〔鷺〕鹭
〔囑〕嘱
〔羈〕羁
〔髖〕髋

【丿】

〔籩〕笾
〔籬〕篱
〔籪〕簖
〔黌〕黉
〔鱟〕鲎
〔鱧〕鳢
〔鱠〕鲙
〔鱣〕鳣

【丶】

〔讕〕谰
〔讖〕谶
〔讒〕谗
〔讓〕让
〔鸇〕鹯
〔鷹〕鹰
〔癱〕瘫
〔癲〕癫
〔贛〕赣
〔灝〕灏

【ㄱ】

〔鸊〕䴙

## 25 畫

【一】

〔欖〕榄
〔靉〕叆

【丨】

〔顱〕颅
〔躡〕蹑
〔躥〕蹿
〔鼉〕鼍

【丿】

〔籮〕箩
〔鑭〕镧
〔鑰〕钥
〔鑲〕镶
〔饞〕馋
〔鱨〕鲿

〔鱭〕鲚

【丶】

〔蠻〕蛮

〔臠〕脔

〔廳〕厅

〔灣〕湾

【乛】

〔糶〕粜

〔纘〕缵

## 26 畫

【一】

〔韉〕鞯

〔驥〕骥

〔驢〕驴

〔趲〕趱

〔黶〕黡

〔釃〕酾

〔釅〕酽

【丨】

〔矚〕瞩

〔躦〕躜

【丿】

〔釁〕衅

〔鑷〕镊

〔鑹〕镩

【丶】

〔灤〕滦

## 27 畫

【一】

〔鬮〕阄

〔驤〕骧

〔顳〕颞

〔顴〕颧

【丨】

〔鸕〕鸬

〔黷〕黩

〔躪〕躏

【丿】

〔鑼〕锣

〔鑽〕钻

〔鱸〕鲈

【丶】

〔讞〕谳

〔讜〕谠

〔鑾〕銮

〔灩〕滟

【乛】

〔纜〕缆

## 28 畫

〔欞〕棂

〔鑿〕凿

〔鸚〕鹦

〔钂〕镋

〔钁〕镢

〔戇〕戆

## 29 畫

〔驪〕骊

〔鬱〕郁

〔鸛〕鹳

## 30 畫

〔鸝〕鹂

〔饢〕馕

〔鱺〕鲡

〔鸞〕鸾

## 32 畫

〔籲〕吁

# 容易混淆的
# 簡繁體字對照表

## 【主編的叮嚀】

本單元是學習簡繁體轉變的重要補強章節，因為現行有些簡體字從古代就存在了，但古義與今義有時會差異，所以，產生了某些簡體字有一個字可能代替兩個以上繁體字的現象，且在不同的字義下，繁體字雖同形但讀音卻異，有時也有不能簡化的考量，其應用的思考較為複雜，為了避免造成讀者們學習的混淆，在這單元中，我們將這類相關的常見用字表列出來，希望能讓大家的學習更方便。

| 簡體 | 繁體(注音) | 舉例說明 |
|---|---|---|

## 2畫

| 簡體 | 繁體(注音) | 舉例說明 |
|---|---|---|
| 厂 | 厂 ㄏㄢˇ | 指山邊可以住人的岩洞 |
| | 厂 ㄢ | 義同「庵」(多用於人名字號) |
| | 廠 ㄔㄤˇ | 工廠、廠房 |
| 卜 | 卜 ㄅㄨˇ | 占卜、卜卦、未卜先知 |
| | 蔔 ˙ㄅㄛ | 蘿蔔 |
| 儿 | 儿 ㄖㄣˊ | 古文「人」的別體 |
| | 兒 ㄦˊ | 嬰兒、兒歌、兒女 |
| 了 | 了 ㄌㄧㄠˇ | 了結、一目了然、做得了 |
| | 了 ˙ㄌㄜ | 別吵了(當語尾助詞) |
| | 瞭 ㄌㄧㄠˇ | 明瞭<br>★「瞭」若讀「ㄌㄧㄠˋ」時，如：瞭望，仍作「瞭」，不簡化成「了」。 |

| 簡體 | 繁體(注音) | 舉例說明 |
|---|---|---|
| 几 | 几 ㄐㄧ | 茶几 |
| | 幾 ㄐㄧ | 幾乎 |
| | 幾 ㄐㄧˇ | 幾何、幾許 |

## 3畫

| 簡體 | 繁體(注音) | 舉例說明 |
|---|---|---|
| 广 | 广 ㄧㄢˇ | 崖广(靠山蓋的房子) |
| | 廣 ㄍㄨㄤˇ | 寬廣、廣州、廣闊 |
| 干 | 干 ㄍㄢ | 干犯、干戈、天干 |
| | 幹 ㄍㄢˋ | 幹線、樹幹、苦幹、幹部 |
| | 乾 ㄍㄢ | 乾淨、餅乾、乾脆<br>★但乾坤、乾隆的「乾」讀「ㄑㄧㄢˊ」，不簡化。 |
| 于 | 于 ㄩˊ | 于歸 |
| | 於 ㄩˊ | 忠於、受制於人 |
| 才 | 才 ㄘㄞˊ | 才幹、才華、人才、英才 |
| | 纔 ㄘㄞˊ | 方纔 |

| 簡體 | 繁體(注音) | 舉例說明 |
|---|---|---|
| 万 | 万 ㄇㄛˋ | 万俟(複姓) |
| | 萬 ㄨㄢˋ | 萬物、千萬 |
| 千 | 千 ㄑㄧㄢ | 千萬、千秋、千方百計 |
| | 韆 ㄑㄧㄢ | 鞦韆(也作「秋千」) |
| 尸 | 尸 ㄕ | 尸位素餐 |
| | 屍 ㄕ | 驗屍、屍首 |
| 么 | 么 ㄧㄠ | 么妹(么也作幺) |
| | 麼 ˙ㄇㄜ | 什麼、怎麼、多麼(麼也作麽) |

## 4畫

| 簡體 | 繁體(注音) | 舉例說明 |
|---|---|---|
| 斗 | 斗 ㄉㄡˇ | 漏斗、星斗、一斗米 |
| | 鬥 ㄉㄡˋ | 搏鬥、奮鬥、鬥法 |
| 丰 | 丰 ㄈㄥ | 丰采、丰韻、丰姿(此時「丰」也作「風」，但不作「豐」) |
| | 豐 ㄈㄥ | 豐富、豐年、豐收 |
| 云 | 云 ㄩㄣˊ | 人云亦云、不知所云 |
| | 雲 ㄩㄣˊ | 彩雲、雲層 |

| 簡體 | 繁體(注音) | | 舉例說明 |
|---|---|---|---|
| 巨 | 巨 | ㄐㄩˋ | 巨額、巨人 |
| | 鉅 | ㄐㄩˋ | 鉅鹿 |
| 扎 | 扎 | ㄓㄚˊ | 掙扎 |
| | 紥 | ㄗㄚ | 駐紥、紥寨(紥也作「紮」) |
| | 紮 | ㄗㄚ | 紮褲腳、紮腰帶(紮也作「紥」) |
| 仇 | 仇 | ㄑㄡˊ | 姓氏 |
| | 仇 | ㄔㄡˊ | 仇敵、仇人 |
| | 讎 | ㄔㄡˊ | 讎敵、冤讎、疾惡如讎(「讎」也作「仇」，但校讎、仇讎的「讎」，簡作「雔」) |
| 历 | 歷 | ㄌㄧˋ | 歷史、歷屆、資歷、經歷 |
| | 曆 | ㄌㄧˋ | 日曆、掛曆、農曆、曆法 |
| 仆 | 仆 | ㄆㄨ | 前仆後繼 |
| | 僕 | ㄆㄨˊ | 僕人、奴僕 |
| 凶 | 凶 | ㄒㄩㄥ | 凶兆、凶多吉少 |
| | 兇 | ㄒㄩㄥ | 兇惡、兇殘、兇手、行兇 |

| 簡體 | 繁體(注音) | 舉例說明 |
|---|---|---|
| 仑 | 侖 ㄌㄨㄣˊ | 加侖 |
| | 崙 ㄌㄨㄣˊ | 崑崙 |
| 升 | 升 ㄕㄥ | 公升 |
| | 昇 ㄕㄥ | 昇旗、上昇、昇華 |
| | 陞 ㄕㄥ | 陞級、陞遷、晉陞 |
| | | ★「昇」也作「升」，如：升旗、上升，「陞」亦可作「升」，如：陞遷亦作「升遷」。 |
| 丑 | 丑 ㄔㄡˇ | 小丑、丑時 |
| | 醜 ㄔㄡˇ | 醜惡、醜陋、獻醜 |

## 5畫

| | | |
|---|---|---|
| 汇 | 匯 ㄏㄨㄟˋ | 匯流、匯聚、郵匯、外匯 |
| | 彙 ㄏㄨㄟˋ | 彙編、詞彙 |
| 占 | 占 ㄓㄢ | 占卜、占卦、占星 |
| | 占 ㄓㄢˋ | 口占一絕 |
| | 佔 ㄓㄢˋ | 佔據、佔領、霸佔 |

| 簡體 | 繁體(注音) | 舉例說明 |
|---|---|---|
| 术 | 术 ㄓㄨˊ | 白术、蒼术(中藥材名稱) |
| | 術 ㄕㄨˋ | 藝術、學術、美術 |
| 札 | 札 ㄓㄚˊ | 信札、手札、書札 |
| | 劄 ㄓㄚˊ | 劄子(古代一種用於上奏的公文) |
| 布 | 布 ㄅㄨˋ | 棉布、花布、布衣 |
| | 佈 ㄅㄨˋ | 發佈、宣佈、佈置、佈局 |
| 叶 | 叶 ㄒㄧㄝˊ | 叶韻(指改變今音以求韻的諧協) |
| | 葉 ㄧㄝˋ | 樹葉、百葉窗 |
| 只 | 只 ㄓˇ | 只有、只是 |
| | 隻 ㄓ | 隻身、一隻鳥 |
| | 祇 ㄓˇ | 祇有、祇此一家(「祇」亦作「只」) |
| 出 | 出 ㄔㄨ | 出發、出席、出生 |
| | 齣 ㄔㄨ | 一齣戲 |
| 沖 | 沖 ㄔㄨㄥ | 沖茶、沖喜、沖洗 |
| | 衝 ㄔㄨㄥ | 衝鋒、衝撞、衝突、要衝 |
| | 衝 ㄔㄨㄥˋ | 坐北衝南·性子太衝 |

| 簡體 | 繁體(注音) | | 舉例說明 |
|---|---|---|---|
| 冬 | 冬 | ㄉㄨㄥ | 冬天、冬至 |
| | 鼕 | ㄉㄨㄥ | 鑼鼓鼕鼕 |
| 饥 | 飢 | ㄐㄧ | 飢餓、飢渴、飢腸、充飢 |
| | 饑 | ㄐㄧ | 饑饉、饑荒 |
| 台 | 台 | ㄊㄞˊ | 兄台、台端 |
| | 臺 | ㄊㄞˊ | 講臺、舞臺 |
| | 檯 | ㄊㄞˊ | 梳妝檯、寫字檯(也作「枱」) |
| | 颱 | ㄊㄞˊ | 颱風 |
| 发 | 發 | ㄈㄚ | 發生、發芽、發動、發誓 |
| | 髮 | ㄈㄚˇ | 頭髮、理髮、髮型、髮妻 |

## 6畫

| | | | |
|---|---|---|---|
| 忏 | 忏 | ㄑㄧㄢˇ | 表示憤怒 |
| | 懺 | ㄔㄢˋ | 懺悔、懺拜 |
| 朴 | 朴 | ㄆㄛˋ | 厚朴(中藥材名稱) |
| | 朴 | ㄆㄧㄠˊ | 姓氏 |
| | 樸 | ㄆㄨˊ | 樸素、樸實、簡樸、質樸 |

| 簡體 | 繁體 | (注音) | 舉例說明 |
|---|---|---|---|
| 并 | 並 | ㄅㄧㄥˋ | 並且、並駕齊驅、相提並論 |
| | 併 | ㄅㄧㄥˋ | 合併、兼併、歸併、併吞 |
| 夹 | 夾 | ㄐㄧㄚˊ | 夾心、夾層、夾攻、夾雜 |
| | 裌 | ㄐㄧㄚˊ | 裌襖、裌被 |
| 扣 | 扣 | ㄎㄡˋ | 扣押、扣除、折扣 |
| | 釦 | ㄎㄡˋ | 衣釦、鈕釦 |
| 托 | 托 | ㄊㄨㄛ | 托舉、托住、襯托 |
| | 託 | ㄊㄨㄛ | 寄託、信託、委託、推託 |
| 夸 | 夸 | ㄎㄨㄚ | 姓氏 |
| | 誇 | ㄎㄨㄚ | 誇張、誇大、自誇、誇獎 |
| 划 | 划 | ㄏㄨㄚˊ | 划船、划算 |
| | 劃 | ㄏㄨㄚˊ | 劃火柴、劃玻璃、劃開 |
| | 劃 | ㄏㄨㄚˋ | 劃分、籌劃、計劃 |
| 当 | 當 | ㄉㄤ | 當面、當初、當家、相當 |
| | 當 | ㄉㄤˋ | 妥當、典當 |
| | 噹 | ㄉㄤ | 叮叮噹噹 |

| 簡體 | 繁體(注音) | | 舉例說明 |
|---|---|---|---|
| 吁 | 吁 | ㄒㄩ | 吁吁(喘息聲) |
| | 籲 | ㄩˋ | 呼籲、籲請 |
| 吓 | 吓 | ㄏㄚˋ | 語氣詞，相當於「啊」、「呀」。 |
| | 嚇 | ㄒㄧㄚˋ | 嚇人、嚇唬、驚嚇 |
| | 嚇 | ㄏㄜˋ | 恐嚇、威嚇 |
| 曲 | 曲 | ㄑㄩ | 曲折、曲解、彎曲 |
| | 曲 | ㄑㄩˇ | 歌曲、作曲、曲譜 |
| | 麴 | ㄑㄩ | 酒麴 |
| 团 | 團 | ㄊㄨㄢˊ | 團結、團圓、團聚 |
| | 糰 | ㄊㄨㄢˊ | 飯糰 |
| 回 | 回 | ㄏㄨㄟˊ | 回鄉、回顧、回信 |
| | 迴 | ㄏㄨㄟˊ | 迴旋、迴廊、巡迴、迂迴 |
| 朱 | 朱 | ㄓㄨ | 朱紅、朱筆 |
| | 硃 | ㄓㄨ | 硃砂 |
| 仿 | 彷 | ㄈㄤˇ | 彷彿(也作「髣髴」) |
| | 倣 | ㄈㄤˇ | 倣照、倣製、模倣、相倣(倣也作「仿」) |

| 簡體 | 繁體(注音) | 舉例說明 |
| --- | --- | --- |
| 伙 | 伙 ㄏㄨㄛˇ<br>夥 ㄏㄨㄛˇ | 伙食、搭伙、包伙<br>夥伴、夥計、夥同、合夥<br>★「夥」作「衆多」解時不簡化，如：地狹而人夥。 |
| 价 | 价 ㄐㄧㄝˋ<br>價 ㄐㄧㄚˋ | 指傳話或送物的僕人(价通「介」字)<br>價錢、價值、定價、估價 |
| 忤 | 忤 ㄨˇ<br>牾 ㄨˇ | 忤逆<br>抵牾 |
| 向 | 向 ㄒㄧㄤˋ<br>嚮 ㄒㄧㄤˋ | 偏向、方向、走向<br>嚮往、嚮導 |
| 后 | 后 ㄏㄡˋ<br>後 ㄏㄡˋ | 后妃、后羿、皇后、太后<br>前後、後期、後代 |
| 尽 | 盡 ㄐㄧㄣˋ<br>儘 ㄐㄧㄣˇ | 盡力、盡頭、用盡、前功盡棄<br>儘快、儘早、儘管、儘量<br>★「儘快」、「儘早」、「儘量」的「儘」也作「盡」。 |

| 簡體 | 繁體(注音) | 舉例說明 |
|---|---|---|
| 合 | 合 ㄏㄜˊ | 合家老小 |
| | 閤 ㄏㄜˊ | 閤家安康 |
| | 闔 ㄏㄜˊ | 闔府統請 |
| | | ★表示「全」、「總共」、「滿」的意思時，三字互通。<br>★「閤」、「闔」也可簡作「⿵门合」、「阖」。 |
| 奸 | 奸 ㄐㄧㄢ | 奸細、奸商、漢奸 |
| | 姦 ㄐㄧㄢ | 強姦、通姦、姦淫 |
| 纤 | 纖 ㄒㄧㄢ | 纖細、纖弱、纖維 |
| | 縴 ㄑㄧㄢˋ | 拉縴、縴手、縴夫 |

## 7畫

| | | |
|---|---|---|
| 志 | 志 ㄓˋ | 立志、志向、志趣 |
| | 誌 ㄓˋ | 日誌、墓誌、誌怪 |
| 坛 | 壇 ㄊㄢˊ | 祭壇、天壇、論壇、花壇 |
| | 罈 ㄊㄢˊ | 酒罈、瓷罈 |

| 簡體 | 繁體(注音) | 舉例說明 |
|---|---|---|
| 沈 | 沈 ㄔㄣˊ | 沈沒、沈重、沈痛 |
| | 沈 ㄕㄣˇ | 姓氏 |
| | 瀋 ㄕㄣˇ | 瀋陽 |
| 折 | 折 ㄕㄜˊ | 桌腿折了(指斷了的意思) |
| | 折 ㄓㄜ | 折跟頭、把湯都折了 |
| | 折 ㄓㄜˊ | 曲折、骨折、損兵折將、折服 |
| | 摺 ㄓㄜˊ | 摺紙、摺扇、奏摺、存摺 |
| | | ★ 發音「ㄓㄜˊ」時，在「折」與「摺」意義可能混淆時，仍用「摺」。 |
| 芸 | 芸 ㄩㄣˊ | 芸香、芸芸眾生 |
| | 蕓 ㄩㄣˊ | 蕓薹(也叫油菜) |
| 苏 | 蘇 ㄙㄨ | 紫蘇、流蘇 |
| | 囌 ㄙㄨ | 嚕囌 |
| | 甦 ㄙㄨ | 甦醒、死而復甦(甦也作「蘇」) |
| 杆 | 杆 ㄍㄢ | 標杆、旗杆、釣杆、電線杆 |
| | 桿 ㄍㄢˇ | 秤桿、槍桿、筆桿 |

## 容易混淆的簡繁體字對照表

| 簡體 | 繁體 | (注音) | 舉例說明 |
|---|---|---|---|
| 杠 | 杠 | ㄍㄤ | 杠橋 |
| | 槓 | ㄍㄤˋ | 鐵槓、單槓、槓鈴 |
| 呆 | 呆 | ㄉㄞ | 多呆幾天(「呆」同「待」) |
| | 獃 | ㄉㄞ | 癡獃、發獃、獃頭獃腦 |
| 里 | 里 | ㄌㄧˇ | 鄰里、故里 |
| | 裏 | ㄌㄧˇ | 這裏、裏應外合(裏也作「裡」) |
| 卤 | 鹵 | ㄌㄨˇ | 鹵莽、鹵鈍 |
| | 滷 | ㄌㄨˇ | 滷水、滷味 |
| 克 | 克 | ㄎㄜˋ | 克服、克制 |
| | 剋 | ㄎㄜˋ | 相剋、剋星 |
| 困 | 困 | ㄎㄨㄣˋ | 困難、困擾、圍困 |
| | 睏 | ㄎㄨㄣˋ | 睏覺、睏倦、睏人 |
| 别 | 別 | ㄅㄧㄝˊ | 分別、告別、類別 |
| | 彆 | ㄅㄧㄝˋ | 彆扭 |
| 佣 | 佣 | ㄩㄥˋ | 佣金、回佣 |
| | 傭 | ㄩㄥ | 僱傭、女傭、傭工 |

| 簡體 | 繁體(注音) | | 舉例說明 |
|---|---|---|---|
| 佛 | 佛 | ㄈㄛˊ | 佛教、佛緣、佛陀、拜佛 |
| | 佛 | ㄈㄨˊ | 彷佛( 也作「髣髴」) |
| 余 | 余 | ㄩˊ | 指第一人稱「我」或爲姓氏 |
| | 餘 | ㄩˊ | 餘悸、剩餘、餘款 |
| 谷 | 谷 | ㄍㄨˇ | 山谷、谷地、虛懷若谷 |
| | 谷 | ㄩˋ | 吐谷渾(晉、唐時的國名，在今青海省境內) |
| | 穀 | ㄍㄨˇ | 穀物、穀雨、五穀豐登 |
| 系 | 系 | ㄒㄧˋ | 派系、系統 |
| | 係 | ㄒㄧˋ | 關係、確係如此、係數 |
| | 繫 | ㄒㄧˋ | 繫念、繫囚、聯繫 |
| | 繫 | ㄐㄧˋ | 繫帶子、繫扣兒 |
| 局 | 局 | ㄐㄩˊ | 局部、時局、棋局 |
| | 侷 | ㄐㄩˊ | 侷促 |
| | 跼 | ㄐㄩˊ | 跼蹐、曲跼 |

## 8畫

| 簡體 | 繁體(注音) | | 舉例說明 |
|---|---|---|---|
| 注 | 注 | ㄓㄨˋ | 注射、注意、關注、賭注 |
| | 註 | ㄓㄨˋ | 註解、註冊、批註、備註 |
| 沾 | 沾 | ㄓㄢ | 沾光、沾親帶故 |
| | 霑 | ㄓㄢ | 霑濕、霑油、霑襟 |
| 帘 | 帘 | ㄌㄧㄢˊ | 酒帘 |
| | 簾 | ㄌㄧㄢˊ | 窗簾、門簾、竹簾、簾幕 |
| 卷 | 卷 | ㄐㄩㄢˋ | 開卷有益、試卷、卷宗 |
| | 捲 | ㄐㄩㄢˇ | 捲尺、捲髮、捲逃 |
| 玩 | 玩 | ㄨㄢˊ | 玩耍、玩弄、玩笑、玩具 |
| | 翫 | ㄨㄢˊ | 翫賞、把翫、古翫、翫味<br>★「翫」舊讀「ㄨㄢˋ」，也作「玩」。 |
| 表 | 表 | ㄅㄧㄠˇ | 表面、表白、表格、表率 |
| | 錶 | ㄅㄧㄠˇ | 手錶、鐘錶 |
| 幸 | 幸 | ㄒㄧㄥˋ | 幸福、幸運、榮幸 |
| | 倖 | ㄒㄧㄥˋ | 倖存、倖免、僥倖 |
| 拓 | 拓 | ㄊㄨㄛˋ | 開拓、拓展 |
| | 搨 | ㄊㄚˋ | 搨地、搨本 |

| 簡體 | 繁體(注音) | 舉例說明 |
|---|---|---|
| 担 | 担 ㄉㄢˋ | 担子 |
| | 擔 ㄉㄢ | 擔任、擔保、擔憂 |
| 拐 | 拐 ㄍㄨㄞˇ | 拐角、拐彎 |
| | 枴 ㄍㄨㄞˇ | 枴杖、鐵枴 |
| 抵 | 抵 ㄉㄧˇ | 抵擋、抵抗、抵罪、抵銷 |
| | 牴 ㄉㄧˇ | 牴觸、牴牾(牴也作「抵」、「觝」) |
| 范 | 范 ㄈㄢˋ | 姓氏 |
| | 範 ㄈㄢˋ | 範圍、示範、防範、典範 |
| 苹 | 苹 ㄆㄧㄥˊ | 苹苹(草叢生的樣子) |
| | 蘋 ㄆㄧㄥˊ | 蘋果<br>★「青蘋」(一種水生蕨類植物)的「蘋」讀「ㄆㄧㄣˊ」簡作「𬞟」，不作「苹」。 |
| 板 | 板 ㄅㄢˇ | 木板、地板、死板、呆板 |
| | 闆 ㄅㄢˇ | 老闆 |

## 容易混淆的簡繁體字對照表

| 簡體 | 繁體(注音) | 舉例說明 |
|---|---|---|
| 松 | 松 ㄙㄨㄥ | 松樹、松竹 |
| | 鬆 ㄙㄨㄥ | 鬆懈、鬆動、輕鬆、肉鬆 |
| 枪 | 槍 ㄑㄧㄤ | 槍械、槍擊、手槍 |
| | 鎗 ㄑㄧㄤ | 扎鎗、鳥鎗、機關鎗 |
| 郁 | 郁 ㄩˋ | 馥郁、濃郁 |
| | 鬱 ㄩˋ | 憂鬱、鬱悶、鬱積 |
| 果 | 果 ㄍㄨㄛˇ | 因果、結果、果斷 |
| | 菓 ㄍㄨㄛˇ | 水菓、菓汁(菓也作「果」) |
| 采 | 采 ㄘㄞˇ | 丰采、神采、興高采烈 |
| | 採 ㄘㄞˇ | 採摘、採集、採用、採礦 |
| | 寀 ㄘㄞˇ | 寀地、寀邑(寀也作「采」) |
| 制 | 制 ㄓˋ | 制訂、制度、控制、限制 |
| | 製 ㄓˋ | 製造、製作、縫製、製衣 |
| 刮 | 刮 ㄍㄨㄚ | 刮臉、刮鬍、刮目相看 |
| | 颳 ㄍㄨㄚ | 颳風 |
| 岳 | 岳 ㄩㄝˋ | 岳父、岳家 |
| | 嶽 ㄩㄝˋ | 山嶽 |

| 簡體 | 繁體(注音) | | 舉例說明 |
|---|---|---|---|
| 径 | 徑 | ㄐㄧㄥˋ | 路徑、門徑、捷徑、半徑 |
| | 逕 | ㄐㄧㄥˋ | 逕自、逕直 |
| 征 | 征 | ㄓㄥ | 出征、遠征、征討 |
| | 徵 | ㄓㄥ | 徵稅、徵婚、特徵、應徵<br>★代表古代五音之一的「徵」讀「ㄓˇ」，不簡化。（五音指宮、商、角、徵、羽） |
| 念 | 念 | ㄋㄧㄢˋ | 思念、信念、懷念、念舊 |
| | 唸 | ㄋㄧㄢˋ | 唸經、唸書、唸唸不忘 |
| 舍 | 舍 | ㄕㄜˋ | 宿舍、寒舍、舍弟 |
| | 捨 | ㄕㄜˇ | 捨棄、捨身、施捨、割捨 |
| 周 | 周 | ㄓㄡ | 周身、周到、周密 |
| | 週 | ㄓㄡ | 週年、週刊、週末 |
| 昆 | 昆 | ㄎㄨㄣ | 昆仲、昆蟲、昆明 |
| | 崑 | ㄎㄨㄣ | 崑崙 |
| 弥 | 彌 | ㄇㄧˊ | 彌合、彌月、欲蓋彌彰 |
| | 瀰 | ㄇㄧˊ | 瀰漫 |

| 簡體 | 繁體(注音) | | 舉例說明 |
|---|---|---|---|
| 迹 | 跡 | ㄐㄧ | 足跡、形跡、筆跡、跡象 |
| | 蹟 | ㄐㄧ | 遺蹟、古蹟(蹟也作「跡」) |

## 9畫

| | | | |
|---|---|---|---|
| 胡 | 胡 | ㄏㄨˊ | 胡琴、胡椒、胡說、胡鬧 |
| | 鬍 | ㄏㄨˊ | 鬍鬚、鬍子 |
| 姜 | 姜 | ㄐㄧㄤ | 姓氏 |
| | 薑 | ㄐㄧㄤ | 生薑、薑葱 |
| 胜 | 胜 | ㄕㄥ | 一種有機化合物，爲「肽」的舊稱。 |
| | 勝 | ㄕㄥˋ | 勝利、勝景、以少勝多 |
| | 勝 | ㄕㄥ | 不勝感激 |
| 荡 | 蕩 | ㄉㄤˋ | 遊蕩、闖蕩、淫蕩 |
| | 盪 | ㄉㄤˋ | 動盪、震盪、激盪 |
| 哄 | 哄 | ㄏㄨㄥ | 哄動、哄笑、哄傳、哄堂 |
| | 哄 | ㄏㄨㄥˇ | 哄騙、欺哄、瞞哄、哄小孩 |
| | 鬨 | ㄏㄨㄥˋ | 起鬨、一鬨而散 |

| 簡體 | 繁體(注音) | 舉例說明 |
| --- | --- | --- |
| 药 | 药 ㄧㄠˋ | 古代指「白芷」(中藥材名稱) |
| | 藥 ㄧㄠˋ | 藥草、藥材、中藥 |
| 咸 | 咸 ㄒㄧㄢˊ | 咸豐、老少咸宜 |
| | 鹹 ㄒㄧㄢˊ | 鹹菜、鹹魚 |
| 面 | 面 ㄇㄧㄢˋ | 當面、正面、面子、平面 |
| | 麵 ㄇㄧㄢˋ | 麵包、麵粉、麵條、湯麵 |
| 背 | 背 ㄅㄟˋ | 背部、背景、背離、背叛 |
| | 揹 ㄅㄟ | 揹槍、揹債、揹黑鍋 |
| 钟 | 鐘 ㄓㄨㄥ | 時鐘、鬧鐘、鐘樓 |
| | 鍾 ㄓㄨㄥ | 鍾愛、鍾情、情有獨鍾 |
| 种 | 种 ㄔㄨㄥˊ | 姓氏 |
| | 種 ㄓㄨㄥˇ | 人種、種族、種類 |
| | 種 ㄓㄨㄥˋ | 種田、耕種、種植 |
| 复 | 復 ㄈㄨˋ | 恢復、回復、報復、修復、復命 |
| | 複 ㄈㄨˋ | 複印、複合、複雜、繁複 |
| 适 | 适 ㄎㄨㄛˋ | 姓氏 |
| | 適 ㄕˋ | 合適、舒適、適當、適中 |

| 簡體 | 繁體(注音) | | 舉例說明 |
|---|---|---|---|
| 秋 | 秋 | ㄑㄧㄡ | 秋天、秋色、千秋萬世 |
| | 鞦 | ㄑㄧㄡ | 鞦韆(也作「秋千」) |
| 须 | 須 | ㄒㄩ | 須知、須臾、必須、務須 |
| | 鬚 | ㄒㄩ | 鬚髮、鬚眉、鬍鬚 |

## 10畫

| | | | |
|---|---|---|---|
| 涂 | 涂 | ㄊㄨˊ | 姓氏 |
| | 塗 | ㄊㄨˊ | 塗改、塗鴉、塗炭 |
| 家 | 家 | ㄐㄧㄚ | 家庭、家畜、酒家 |
| | 傢 | ㄐㄧㄚ | 傢伙 |
| 凄 | 淒 | ㄑㄧ | 淒清、淒涼、淒風苦雨 |
| | 悽 | ㄑㄧ | 悽切、悽慘、悽楚、悽惻(悽也作「淒」) |
| 准 | 准 | ㄓㄨㄣˇ | 准許、批准、獲准 |
| | 準 | ㄓㄨㄣˇ | 標準、水準、準備、準時、瞄準 |
| 症 | 症 | ㄓㄥˋ | 症狀、病症、不治之症 |
| | 癥 | ㄓㄥ | 癥結 |

| 簡體 | 繁體(注音) | 舉例說明 |
|---|---|---|
| 烟 | 煙 ㄧㄢ | 煙火、煙塵、香煙、吸煙 |
| | 菸 ㄧㄢ | 菸草、菸葉、烤菸、曬菸 |
| 效 | 效 ㄒㄧㄠˋ | 功效、見效、效率、效益 |
| | 効 ㄒㄧㄠˋ | 効力、効勞、効命、効忠( 効也作「效」) |
| | 傚 ㄒㄧㄠˋ | 倣傚、傚法、傚尤、上行下傚(傚也作「效」) |
| 挽 | 挽 ㄨㄢˇ | 挽車、挽救、挽留 |
| | 輓 ㄨㄢˇ | 輓歌、輓聯、哀輓 |
| 恶 | 惡 ㄜˋ | 惡劣、邪惡、險惡、作惡 |
| | 惡 ㄨˋ | 可惡、嫌惡、好逸惡勞 |
| | 噁 ㄜˇ | 噁心 |
| 获 | 穫 ㄏㄨㄛˋ | 秋穫、收穫 |
| | 獲 ㄏㄨㄛˋ | 獵獲、獲救、獲釋 |
| 殷 | 殷 ㄧㄢ | 殷紅、朱殷 |
| | 殷 ㄧㄣ | 殷實、殷切、殷憂 |
| | 慇 ㄧㄣ | 慇懃( 也作「殷勤」) |

| 簡體 | 繁體(注音) | 舉例說明 |
| --- | --- | --- |
| 栗 | 栗 ㄌㄧˋ | 栗子、栗色、板栗 |
| | 慄 ㄌㄧˋ | 戰慄、不寒而慄 |
| 致 | 致 ㄓˋ | 致病、致力、致電、興致、致敬 |
| | 緻 ㄓˋ | 精緻、細緻、緻密、雅緻 |
| 党 | 党 ㄉㄤˇ | 姓氏 |
| | 黨 ㄉㄤˇ | 政黨、朋黨、妻黨、黨羽 |
| 借 | 借 ㄐㄧㄝˋ | 借宿、借據、租借、借用 |
| | 藉 ㄐㄧㄝˋ | 藉口、藉故、藉助、憑藉<br>★狼藉（ㄐㄧˊ）、慰藉（ㄐㄧㄝˋ）等的「藉」不簡化。 |
| 脏 | 臟 ㄗㄤˋ | 內臟、心臟、肝臟、五臟六腑 |
| | 髒 ㄗㄤ | 髒水、髒話、骯髒 |

## 11畫

| 簡體 | 繁體(注音) | 舉例說明 |
| --- | --- | --- |
| 旋 | 旋 ㄒㄩㄢˊ | 回旋、盤旋、周旋、凱旋 |
| | 旋 ㄒㄩㄢˋ | 旋風 |
| | 鏇 ㄒㄩㄢˋ | 鏇牀、鏇工、鏇子(溫酒的器具) |

| 簡體 | 繁體(注音) | 舉例說明 |
|---|---|---|
| 淀 | 淀 ㄉㄧㄢˋ | 指水淺的湖泊 |
| | 澱 ㄉㄧㄢˋ | 澱粉、沉澱 |
| 据 | 据 ㄐㄩ | 拮据(形容境況困難) |
| | 據 ㄐㄩˋ | 估據、證據、票據、據說 |
| 确 | 确 ㄑㄩㄝˋ | 确爲磬石、磽确 |
| | 確 ㄑㄩㄝˋ | 確實、確切、的確、正確 |
| 累 | 累 ㄌㄟˇ | 累次、累積、累計、累犯 |
| | 累 ㄌㄟˋ | 勞累、疲累、連累、牽累 |
| | 纍 ㄌㄟˊ | 日積月纍、果實纍纍(纍也作「累」) |
| | 纍 ㄌㄟˊ | 纍贅、家纍(纍也作「累」) |
| 彩 | 彩 ㄘㄞˇ | 彩色、彩票、中彩、五彩 |
| | 綵 ㄘㄞˇ | 剪綵、綵帶、張燈結綵 |
| 衔 | 銜 ㄒㄧㄢˊ | 銜轡、銜接、學銜、軍銜 |
| | 啣 ㄒㄧㄢˊ | 啣枚、啣恨、燕子啣泥 |
| 欲 | 欲 ㄩˋ | 欲罷不能、爲所欲爲 |
| | 慾 ㄩˋ | 慾念、物慾、情慾、食慾 |

## 12畫

| 簡體 | 繁體(注音) | 舉例說明 |
|---|---|---|
| 筑 | 筑 ㄓㄨˊ | 擊筑(一種古樂器) |
| | 筑 ㄓㄨˋ | 貴陽的別稱 |
| | 築 ㄓㄨˊ | 建築、修築、築路、築巢 |
| 游 | 游 ㄧㄡˊ | 游泳、游擊、上游、散兵游勇 |
| | 遊 ㄧㄡˊ | 旅遊、導遊、遊說、遊蕩 |
| 雇 | 雇 ㄏㄨˋ | 古書上說的一種鳥( 同「鳸」) |
| | 僱 ㄍㄨˋ | 僱傭、僱車、僱員、解僱 |
| 棱 | 棱 ㄌㄥˊ | 瓦棱、模棱兩可 |
| | 稜 ㄌㄥˊ | 稜角、稜柱、三稜鏡 |
| 喂 | 喂 ㄨㄟˋ | 試探或招呼聲 |
| | 餵 ㄨㄟˋ | 餵養、餵奶 |
| 铺 | 鋪 ㄆㄨ | 鋪設、鋪牀、鋪張、臥鋪 |
| | 舖 ㄆㄨˋ | 舖面、舖位、藥舖、店舖( 舖也作「鋪」) |

| 簡體 | 繁體(注音) | | 舉例說明 |
|---|---|---|---|
| 御 | 御 | ㄩˋ | 駕御、御醫、御用、御膳 |
| | 禦 | ㄩˋ | 防禦、抵禦、禦敵、禦寒 |
| 腊 | 腊 | ㄒㄧˊ | 指乾肉 |
| | 臘 | ㄌㄚˋ | 臘月、臘梅、臘肉、臘味 |
| 疏 | 疏 | ㄕㄨ | 上疏、奏疏、注疏、箋疏 |
| | 踈 | ㄕㄨ | 踈通、踈遠、踈忽、踈散(踈也作「疏」) |
| 蒙 | 蒙 | ㄇㄥˊ | 蒙蔽、蒙難、蒙受、啓蒙、蒙古 |
| | 矇 | ㄇㄥ | 矇騙、欺上矇下 |
| | 濛 | ㄇㄥˊ | 白濛濛、細雨濛濛 |

## 13畫

| 簡體 | 繁體(注音) | | 舉例說明 |
|---|---|---|---|
| 摆 | 擺 | ㄅㄞˇ | 擺設、擺佈、擺脫、鐘擺 |
| | 襬 | ㄅㄞˇ | 下襬 |
| 辟 | 辟 | ㄆㄧˋ | 大辟 |
| | 辟 | ㄅㄧˋ | 復辟、辟邪、辟書、辟穀 |
| | 闢 | ㄆㄧˋ | 開闢、精闢、闢謠、獨闢蹊徑 |

| 簡體 | 繁體 | (注音) | 舉例說明 |
|---|---|---|---|
| 签 | 簽 | ㄑㄧㄢ | 簽名、簽署、簽訂、簽約 |
| | 籤 | ㄑㄧㄢ | 牙籤、抽籤、求籤、書籤 |
| 毁 | 毀 | ㄏㄨㄟˇ | 毀滅、毀壞、炸毀、撕毀 |
| | 燬 | ㄏㄨㄟˇ | 燒燬、焚燬(燬也作「毀」) |
| | 譭 | ㄏㄨㄟˇ | 譭謗、詆譭、譭譽參半(譭也作「毀」) |
| 愈 | 愈 | ㄩˋ | 愈加、每況愈下 |
| | 癒 | ㄩˋ | 癒合、病癒、痊癒 |

## 14畫

| 簡體 | 繁體 | (注音) | 舉例說明 |
|---|---|---|---|
| 蔑 | 蔑 | ㄇㄧㄝˋ | 蔑視、蔑以復加 |
| | 衊 | ㄇㄧㄝˋ | 污衊、誣衊 |
| 愿 | 愿 | ㄩㄢˋ | 誠愿、謹愿、鄉愿 |
| | 願 | ㄩㄢˋ | 願望、願意、許願、還願、如願 |
| 蜡 | 蜡 | ㄓㄚˋ | 周朝年終的祭祀名 |
| | 蠟 | ㄌㄚˋ | 蠟燭、蠟黃、蜂蠟、石蠟 |

| 簡體 | 繁體(注音) | 舉例說明 |
| --- | --- | --- |
| 熏 | 熏 ㄒㄩㄣ | 熏染、臭氣熏天、利慾熏心(「熏染」也作「薰染」) |
| | 薰 ㄒㄩㄣ | 一種香草，也泛指花草香氣。 |
| | 燻 ㄒㄩㄣ | 燻魚、燻肉、煙燻(「燻」也作「熏」) |

## 15畫

| 簡體 | 繁體(注音) | 舉例說明 |
| --- | --- | --- |
| 糊 | 糊 ㄏㄨ | 糊嘴、用水泥糊牆 |
| | 糊 ㄏㄨˊ | 漿糊、含糊、糊塗、糊信封 |
| | 糊 ㄏㄨˋ | 糊弄(指草草了事) |
| | 餬 ㄏㄨˊ | 餬窗戶、養家餬口 |
| | 煳 ㄏㄨˊ | 烤煳、飯煳了 |
| 霉 | 霉 ㄇㄟˊ | 霉爛、倒霉、發霉 |
| | 黴 ㄇㄟˊ | 黴菌、青黴素 |
| 僵 | 僵 ㄐㄧㄤ | 僵硬、僵持、僵局 |
| | 殭 ㄐㄧㄤ | 殭屍、殭蠶(中藥材名稱，死蠶的乾燥蟲體) |

| 簡體 | 繁體(注音) | 舉例說明 |
|---|---|---|
| 趟 | 趟 ㄊㄤˋ | 來了兩趟 |
| | 蹚 ㄊㄤ | 蹚水過河、蹚路子、蹚地 |

## 16畫

| | | |
|---|---|---|
| 赞 | 贊 ㄗㄢˋ | 贊助、贊成 |
| | 讚 ㄗㄢˋ | 讚嘆、讚美、讚譽、稱讚 |
| 雕 | 雕 ㄉㄧㄠ | 雕刻、雕塑、石雕、浮雕(雕也作「彫」) |
| | 鵰 ㄉㄧㄠ | 老鵰、一箭雙鵰(鵰也作「雕」) |

# 簡體字對照表

## 常見錯誤

# 【主編的叮嚀】

在大家用心學習了簡繁體的轉變後，相信許多人會發現臺灣民間有些簡體字的書寫是錯誤的，例如：「圓」的簡體字應為「圆」，但大家習慣誤簡化成「园」；又「藝」的簡體字應為「艺」，也被習慣誤簡化成「芸」。類似問題不勝枚舉，在這單元我們將為您列舉出常見者，以供學習的參考，也提醒您不要再誤用了。

〔 〕為正確簡體字之繁體字

| 誤寫之簡體字 | 正確之簡體字 | 誤寫之簡體字 | 正確之簡體字 |
|---|---|---|---|
| ***2–3 畫*** | | 午 | 舞〔舞〕 |
| 卩 | 部〔部〕 | 仃 | 停〔停〕 |
| 亍 | 街〔街〕 | 仉 | 倪〔倪〕 |
| 么 | 摩〔摩〕 | 仔 | 僚〔僚〕 |
| 凡 | 樊〔樊〕 | 丸 | 凡〔凡〕 |
| 彐 | 雪〔雪〕 | 介 | 戒〔戒〕 |
| 口 | 皿〔皿〕 | 凨 | 风〔風〕 |
| 囗 | 国〔國〕 | ***5 畫*** | |
| ***4 畫*** | | 氵七 | 漆〔漆〕 |
| 宀 | 宣〔宣〕 | 氿 | 酒〔酒〕 |
| 讠冂 | 调〔調〕 | 宁 | 寮〔寮〕 |
| 井 | 警〔警〕 | 庁 | 廖〔廖〕 |
| 冂 | 南〔南〕 | 兰 | 蓝〔藍〕 |
| 左 | 在〔在〕 | 凸 | 召〔召〕 |
| 罒 | 器〔器〕 | 芏 | 兰〔蘭〕 |
| 冈 | 同〔同〕 | 艽 | 韭〔韭〕 |

| 誤寫之簡體字 | 正確之簡體字 | 誤寫之簡體字 | 正確之簡體字 |
|---|---|---|---|
| 厈 | 厦〔廈〕 | 令 | 龄〔齡〕 |
| 百 | 面〔面〕 | 肊 | 臆〔臆〕 |
| 勿 | 易〔易〕 | 阦 | 阳〔陽〕 |
| 扑 | 捕〔捕〕 | 忆 | 意〔意〕 |
| 歺 | 餐〔餐〕 | 台 | 曹〔曹〕 |
| 旦 | 蛋〔蛋〕 | 圣 | 圣〔聖〕 |
| 卟 | 噗〔噗〕 | 圣 | 圣〔聖〕 |
| 另 | 零〔零〕 | 妥 | 要〔要〕 |
| 只 | 具〔具〕 | 辺 | 道〔道〕 |
| 仆 | 假〔假〕 | 刎 | 剔〔剔〕 |
| 付 | 腐〔腐〕 | 6 畫 | |
| 付 | 傅〔傅〕 | 沥 | 漫〔漫〕 |
| 付 | 副〔副〕 | 忏 | 愉〔愉〕 |
| 付 | 传〔傳〕 | 忄历 | 慢〔慢〕 |
| 伍 | 伟〔偉〕 | 宁 | 家〔家〕 |
| 込 | 进〔進〕 | 㝉 | 官〔官〕 |

| 誤寫之簡體字 | 正確之簡體字 | 誤寫之簡體字 | 正確之簡體字 |
|---|---|---|---|
| ⿱宀文 | 察〔察〕 | ⿸厂元 | 原〔原〕 |
| ⿱亠⿵冂丷 | 商〔商〕 | ⿱大巾 | 带〔帶〕 |
| ⿸疒乙 | 癔〔癔〕 | 吅 | 器〔器〕 |
| 庄 | 装〔裝〕 | ⿱千王 | 重〔重〕 |
| ⿰火卜 | 爆〔爆〕 | ⿰亻文 | 信〔信〕 |
| 并 | 瓶〔瓶〕 | 伎 | 使〔使〕 |
| ⿱丷专 | 尊〔尊〕 | 仸 | 佛〔佛〕 |
| ⿰讠云 | 谭〔譚〕 | 犯 | 犯〔犯〕 |
| 初 | 初〔初〕 | ⿵几王 | 凰〔凰〕 |
| 耒 | 来〔來〕 | 艮 | 银〔銀〕 |
| 扐 | 勤〔勤〕 | 7 畫 | |
| 玏 | 璃〔璃〕 | 浐 | 演〔演〕 |
| 专 | 青〔青〕 | 沅 | 源〔源〕 |
| 传 | 博〔博〕 | 沄 | 潭〔潭〕 |
| 扦 | 插〔插〕 | ⿰氵毛 | 濠〔濠〕 |
| 芽 | 菜〔菜〕 | 沃 | 澳〔澳〕 |

| 誤寫之簡體字 | 正確之簡體字 | 誤寫之簡體字 | 正確之簡體字 |
|---|---|---|---|
| ⿰忄办 | 协〔協〕 | 芸 | 艺〔藝〕 |
| 実 | 富〔富〕 | 芏 | 藏〔藏〕 |
| 牀 | 床〔床〕 | 克 | 黑〔黑〕 |
| ⿸广夫 | 庆〔慶〕 | 贞 | 真〔眞〕 |
| 斈 | 学〔學〕 | ⿰石人 | 碟〔碟〕 |
| ⿵门开 | 开〔開〕 | ⿱此廾 | 鼻〔鼻〕 |
| ⿰讠兰 | 谰〔讕〕 | 尭 | 尧〔堯〕 |
| 亊 | 事〔事〕 | 肖 | 萧〔蕭〕 |
| 忎 | 感〔感〕 | 囲 | 围〔圍〕 |
| 迂 | 遇〔遇〕 | 园 | 圆〔圓〕 |
| 垪 | 境〔境〕 | ⿴囗专 | 团〔團〕 |
| 坛 | 增〔增〕 | ⿱旦力 | 量〔量〕 |
| 坝 | 坝〔壩〕 | 品 | 品〔品〕 |
| 坊 | 场〔場〕 | ⿰巾乇 | 帽〔帽〕 |
| 圫 | 壕〔壕〕 | 采 | 采〔采〕 |
| 抟 | 搏〔搏〕 | ⿰禾刀 | 稻〔稻〕 |

| 誤寫之簡體字 | 正確之簡體字 | 誤寫之簡體字 | 正確之簡體字 |
| --- | --- | --- | --- |
| 伤 | 伤〔傷〕 | 环 | 鬓〔鬢〕 |
| 皃 | 貌〔貌〕 | 贰 | 贰〔貳〕 |
| 属 | 属〔屬〕 | 忈 | 愿〔願〕 |
| 驮 | 驮〔馱〕 | 拦 | 拦〔攔〕 |
| 姘 | 媾〔媾〕 | 捇 | 播〔播〕 |
| 丝 | 丝〔絲〕 | 拠 | 据〔據〕 |
| **8 畫** | | 芦 | 芦〔蘆〕 |
| 沛 | 沛〔沛〕 | 杦 | 楼〔樓〕 |
| 泮 | 澜〔瀾〕 | 柏 | 杨〔楊〕 |
| 畄 | 留〔留〕 | 枍 | 检〔檢〕 |
| 实 | 实〔實〕 | 迊 | 迎〔迎〕 |
| 疟 | 疟〔瘧〕 | 厂 | 厂〔廠〕 |
| 庐 | 庐〔廬〕 | 厥 | 厕〔廁〕 |
| 闰 | 闰〔閏〕 | 靣 | 面〔面〕 |
| 券 | 券〔劵〕 | 达 | 达〔達〕 |
| 诗 | 请〔請〕 | 套 | 套〔套〕 |

| 誤寫之簡體字 | 正確之簡體字 | 誤寫之簡體字 | 正確之簡體字 |
|---|---|---|---|
| 殇 | 殇〔殤〕 | ⿺廴圭 | 鞋〔鞋〕 |
| 坣 | 堂〔堂〕 | ⿰马占 | 验〔驗〕 |
| 奌 | 点〔點〕 | ⿰马卢 | 驴〔驢〕 |
| ⿺廴占 | 建〔建〕 | 阽 | 险〔險〕 |
| 罗 | 萝〔蘿〕 | 织 | 绩〔績〕 |
| ⿰贝井 | 购〔購〕 | 纸 | 纸〔紙〕 |
| 拜 | 拜〔拜〕 | **9 畫** | |
| 叙 | 罐〔罐〕 | ⿱宀西 | 赛〔賽〕 |
| 侢 | 载〔載〕 | ⿰忄专 | 情〔情〕 |
| 価 | 价〔價〕 | ⿰忄网 | 惘〔惘〕 |
| 侭 | 尽〔儘〕 | ⿰言人 | 认〔認〕 |
| 锒 | 镶〔鑲〕 | ⿵门关 | 关〔關〕 |
| ⿰月专 | 膊〔膊〕 | 烂 | 烂〔爛〕 |
| 肽 | 胎〔胎〕 | ⿰火卢 | 炉〔爐〕 |
| 饰 | 饰〔飾〕 | ⿰衤夫 | 裤〔褲〕 |
| ⿰弓且 | 弹〔彈〕 | ⿰讠良 | 让〔讓〕 |

| 誤寫之簡體字 | 正確之簡體字 | 誤寫之簡體字 | 正確之簡體字 |
|---|---|---|---|
| 贰 | 贰〔貳〕 | 侥 | 侥〔僥〕 |
| 垟 | 墙〔牆〕 | 钘 | 镜〔鏡〕 |
| 拮 | 揭〔揭〕 | 讱 | 认〔認〕 |
| 茬 | 藏〔藏〕 | 陏 | 隋〔隋〕 |
| 莊 | 庄〔莊〕 | 队 | 隧〔隧〕 |
| 蓳 | 董〔董〕 | 婃 | 嫁〔嫁〕 |
| 䒭 | 等〔等〕 | 饭 | 馆〔館〕 |
| 荅 | 答〔答〕 | **10 畫** | |
| 栏 | 栏〔欄〕 | 浇 | 浇〔澆〕 |
| 枯 | 检〔檢〕 | 奖 | 奖〔獎〕 |
| 柚 | 楼〔樓〕 | 疖 | 疖〔癤〕 |
| 尝 | 赏〔賞〕 | 旂 | 旗〔旗〕 |
| 虐 | 虐〔虐〕 | 遳 | 遵〔遵〕 |
| 临 | 临〔臨〕 | 羙 | 美〔美〕 |
| 畋 | 数〔數〕 | 类 | 类〔類〕 |
| 爰 | 管〔管〕 | 敉 | 数〔數〕 |

| 誤寫之簡體字 | 正確之簡體字 | 誤寫之簡體字 | 正確之簡體字 |
| --- | --- | --- | --- |
| 戦 | 战〔戰〕 | 啰 | 嘱〔囑〕 |
| 连 | 运〔運〕 | 晘 | 晴〔晴〕 |
| 谰 | 谰〔讕〕 | 踼 | 踢〔踢〕 |
| 诅 | 诞〔誕〕 | 彩 | 彩〔彩〕 |
| 赍 | 赍〔賫〕 | 製 | 制〔製〕 |
| 霓 | 霓〔霓〕 | 健 | 健〔健〕 |
| 瑙 | 瑙〔瑙〕 | 钲 | 镇〔鎭〕 |
| 祘 | 算〔算〕 | 饶 | 饶〔饒〕 |
| 埌 | 壤〔壤〕 | 奂 | 鱼〔魚〕 |
| 挠 | 挠〔撓〕 | 绕 | 绕〔繞〕 |
| 捁 | 搞〔搞〕 | **11 畫** | |
| 薄 | 薄〔薄〕 | 润 | 润〔潤〕 |
| 棺 | 棺〔棺〕 | 澜 | 澜〔瀾〕 |
| 橡 | 橡〔橡〕 | 蜜 | 蜜〔蜜〕 |
| 粀 | 耀〔耀〕 | 贯 | 实〔實〕 |
| 哴 | 嚷〔嚷〕 | 曽 | 曾〔曾〕 |

| 誤寫之簡體字 | 正確之簡體字 | 誤寫之簡體字 | 正確之簡體字 |
|---|---|---|---|
| 烧 | 烧〔燒〕 | 瞩 | 瞩〔矚〕 |
| 起 | 起〔起〕 | 嚐 | 尝〔嘗〕 |
| 蕳 | 兰〔蘭〕 | 狱 | 岳〔嶽〕 |
| 莫 | 算〔算〕 | 範 | 范〔範〕 |
| 晓 | 晓〔曉〕 | 锒 | 镶〔鑲〕 |
| 黒 | 黑〔黑〕 | 餽 | 馈〔饋〕 |
| 题 | 题〔題〕 | **13 畫** | |
| 题 | 题〔題〕 | 瘤 | 瘤〔瘤〕 |
| 肆 | 肆〔肆〕 | 樻 | 柜〔櫃〕 |
| 稼 | 稼〔稼〕 | 翘 | 翘〔翹〕 |
| 舫 | 觞〔觴〕 | 照 | 照〔照〕 |
| 验 | 验〔驗〕 | 踌 | 蹲〔蹲〕 |
| **12 畫** | | 僧 | 僧〔僧〕 |
| 慬 | 懂〔懂〕 | 键 | 键〔鍵〕 |
| 霸 | 霸〔霸〕 | 鲬 | 鳙〔鱅〕 |
| 椔 | 榴〔榴〕 | 觧 | 解〔解〕 |

| 誤寫之簡體字 | 正確之簡體字 |
| --- | --- |
| 隔 | 隔〔隔〕 |
| ***14　畫*** | |
| 憎 | 憎〔憎〕 |
| 增 | 增〔增〕 |
| ⿰虫罗 | 螺〔螺〕 |
| 僣 | 僭〔僭〕 |
| ⿰亻赏 | 偿〔償〕 |
| ***15–19　畫*** | |
| 赠 | 赠〔贈〕 |
| 鬃 | 鬃〔鬃〕 |
| 融 | 融〔融〕 |
| 蹭 | 蹭〔蹭〕 |
| 鬓 | 鬓〔鬢〕 |
| 簪 | 簪〔簪〕 |
| 髓 | 髓〔髓〕 |

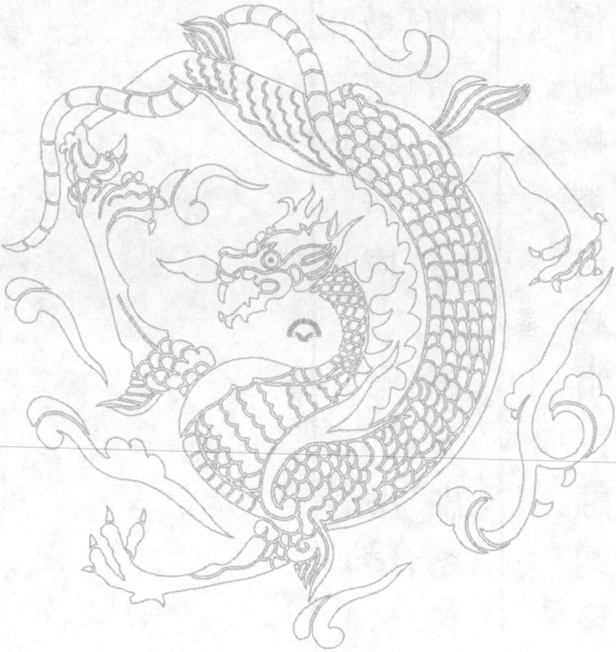

# 新舊字形比較表

書寫者：洪心容

| 舊 | （筆畫） | 新 | （筆畫） |
|---|---|---|---|
| ⺿ | (4) | 艹 | (3) |
| 辶 | (4) | 辶 | (3) |
| 幵 | (6) | 开 | (4) |
| 丰 | (4) | 丰 | (4) |
| 巨 | (5) | 巨 | (4) |
| 屯 | (4) | 屯 | (4) |
| 瓦 | (5) | 瓦 | (4) |
| 反 | (4) | 反 | (4) |
| 丑 | (4) | 丑 | (4) |
| 犮 | (5) | 犮 | (5) |
| 印 | (6) | 印 | (5) |
| 来 | (6) | 来 | (6) |

| 舊 | （筆畫） | 新 | （筆畫） |
|---|---|---|---|
| 呂 | (7) | 吕 | (6) |
| 攸 | (7) | 攸 | (6) |
| 爭 | (8) | 争 | (6) |
| 产 | (6) | 产 | (6) |
| 羊 | (7) | 羊 | (6) |
| 幷 | (8) | 并 | (6) |
| 吳 | (7) | 吴 | (7) |
| 角 | (7) | 角 | (7) |
| 奐 | (9) | 奂 | (7) |
| 尙 | (8) | 尚 | (7) |
| 聿 | (8) | 聿 | (7) |
| 者 | (9) | 者 | (8) |

| 舊 | (筆畫) | 新 | (筆畫) |
|---|---|---|---|
| 直 | (8) | 直 | (8) |
| 黾 | (8) | 黾 | (8) |
| 咼 | (9) | 咼 | (8) |
| 垂 | (9) | 垂 | (8) |
| 食 | (9) | 食 | (8) |
| 郎 | (9) | 郎 | (8) |
| 彔 | (8) | 录 | (8) |
| 昷 | (10) | 昷 | (9) |
| 骨 | (10) | 骨 | (9) |
| 鬼 | (10) | 鬼 | (9) |
| 爲 | (12) | 為 | (9) |
| 既 | (11) | 既 | (9) |

| 舊 | (筆畫) | 新 | (筆畫) |
|---|---|---|---|
| 蚤 | (10) | 蚤 | (9) |
| 敖 | (11) | 敖 | (10) |
| 莽 | (12) | 莽 | (10) |
| 眞 | (10) | 真 | (10) |
| 䍃 | (10) | 䍃 | (10) |
| 殺 | (11) | 殺 | (10) |
| 黃 | (12) | 黄 | (11) |
| 虛 | (12) | 虚 | (11) |
| 異 | (12) | 異 | (11) |
| 象 | (12) | 象 | (11) |
| 奧 | (13) | 奥 | (12) |
| 普 | (13) | 普 | (12) |

# 常見異體字表

## 【主編的叮嚀】

所謂異體字，有狹義與廣義之分，狹義異體字是指音義全同而形體不同的字，而廣義異體字則指僅音義部分相同的異體字。一般而言，古籍中通行的字體稱為「正體」，其餘稱「異體」。「異體」又稱「重體」、「或體」、「俗體」等，但正體與異體也會隨時代而變化，如《説文》將「昏」視為正體，將「昬」視為異體，但現今卻反而將「昬」視為正體。

異體字的產生與漢字的創造過程、造字結構、形體演變有直接關係，漢字是在不同區域、不同時代，由不同人們逐漸創造的，所以為同一個詞造出不同形體的字是很自然的。再加上漢字造字方法豐富，尤其是會意字的意符，與形聲字的形符，只表類屬，類屬相近的表意偏旁，又可相通互換，聲類相同相近的聲符也可更換，所以會意字的異體字及大量形聲字的異體字就產生了。

另外，在漢字形體的演變，及人們使用漢字的過程中，也產生了不少的異體字。事實上，異體字在甲骨文、篆文中就存在，尤其在隸變之後，古籍中的異體字數量更是大量增加，如：脈脉脉、醫毉、針箴鍼等。到了現代，有部分常用的簡體字其實就是繁體字的異體字，如繁體字「淚」的簡體字「泪」。

## 異體字的產生方式有下列幾種：

1.造字方法不同而形成的異體字

例如：韭(象形) 韮(形聲)
泪(會意) 淚(形聲)
岩(會意) 巖(形聲)

2.會意字改換意符而形成的異體字

例如：床(牀)、冤(寃)、吊(弔)、綿(緜)

3.形聲字改換形符而形成的異體字

例如：唇(脣)、遍(徧)、猪(豬)、粘(黏)、輝(煇)、迹(跡)、睹(覩)、堤(隄)、鷄(雞)、溪(谿)

4.形聲字改換聲符而形成的異體字

例如：綫(線)、褲(袴)、俯(俛)、踪(蹤)、痹(痺)、煙(烟)、吃(喫)

5.形聲字改換形符及聲符而形成的異體字

例如：蹟(迹)、村(邨)、褲(絝)

6.形聲字省形、省聲與不省而形成的異體字

例如：累(纍)、蚊(蟁)

7.形聲字形符變體而形成的異體字

例如：煮(煑)、慚(慙)、裙(裠)

8.形聲字聲符變體而形成的異體字

例如：鈎(鉤)、恒(恆)、滾(滚)

9.形聲字形符、聲符之左右位置互換而形成的異體字
例如：够(夠)、鄰(隣)、翅(翄)

10.形聲字形符、聲符之左右結構變為上下結構而形成的異體字
例如：胸(胷)、群(羣)、峰(峯)

11.形聲字形符、聲符之上下結構變為左右結構而形成的異體字
例如：脅(脇)、案(桉)、裏(裡)

12.隸變不同而形成的異體字
例如：却(卻)、並(竝)、怱(悤)、叙(敍)

13.俗體字形成的異體字
例如：恥(耻)、世(卋)、疏(踈)、亂(乱)
※ 俗體字：指流行於民間的異體字。

14.訛變字形成的異體字
例如：鬧(閙)、朵(朶)、凡(凢)
※ 訛變字：指由訛字(錯字)轉成，而獲得社會公認的字。也有人將訛變字歸爲俗體字。

15.缺筆字形成的異體字
例如：泯(汦)、恒(恒)、胤(胤)
※ 缺筆字：封建社會爲了避諱，而於書寫時刻意少寫一筆畫的字。此種避諱缺筆之例始於唐朝。

**由上述異體字的產生方式，可知異體字的種類繁多，很難一一細數，下面我們僅將常見者列出，並且不刻意區分正體與異體。**

### 3 畫

丫 ＝ 枒

丫 ＝ 椏

### 4 畫

扎 ＝ 紮

扎 ＝ 紥

弔 ＝ 吊

### 5 畫

札 ＝ 剳

札 ＝ 劄

它 ＝ 牠

### 6 畫

同 ＝ 仝

同 ＝ 衕

汚 ＝ 污

并 ＝ 併

并 ＝ 並

并 ＝ 竝

亙 ＝ 亘

扞 ＝ 捍

攷 ＝ 考

吒 ＝ 咤

兇 ＝ 凶

廵 ＝ 巡

### 7 畫

決 ＝ 决

泯 ＝ 泯

邨 ＝ 村

岅 ＝ 坂

佇 ＝ 伫

佈 ＝ 布

佔 ＝ 占

朶 ＝ 朵

災 ＝ 灾

### 8 畫

岩 ＝ 巖

岩 ＝ 嵒

咒 ＝ 呪

泛 ＝ 汎

泛 ＝ 氾

況 ＝ 况

羌 ＝ 羗

刼 ＝ 劫

坵 ＝ 丘

奇 ＝ 竒

卧 ＝ 臥

昇 ＝ 升

廹 ＝ 迫

卹 ＝ 恤

佛 ＝ 佛

剎 ＝ 刹

牀 ＝ 床

肢 ＝ 胑

屆 ＝ 届

兔 ＝ 兎

兔 ＝ 兔

妳 ＝ 你

### 9 畫

咵 ＝ 侉

哄 ＝ 鬨

哄 ＝ 閧

洩 ＝ 泄

洶 ＝ 汹

穽 ＝ 阱

恆 ＝ 恒

祕 ＝ 秘

柺 ＝ 拐
迺 ＝ 乃
勅 ＝ 敕
盃 ＝ 杯
牴 ＝ 抵
侷 ＝ 局
剉 ＝ 銼
卻 ＝ 却
怱 ＝ 匆
迻 ＝ 移
屍 ＝ 尸
姪 ＝ 侄
姙 ＝ 妊
姦 ＝ 奸

## 10 畫

效 ＝ 効
效 ＝ 傚
託 ＝ 托
竚 ＝ 佇
疿 ＝ 痱
苺 ＝ 莓
鬥 ＝ 鬦
鬥 ＝ 鬪
鬥 ＝ 鬭
挱 ＝ 挲
垛 ＝ 垜
恥 ＝ 耻
草 ＝ 艸
栢 ＝ 柏
尅 ＝ 剋
砲 ＝ 炮
晉 ＝ 晋
逕 ＝ 徑
峩 ＝ 峨
峯 ＝ 峰
衄 ＝ 衂
衄 ＝ 𪖈
倣 ＝ 仿
倖 ＝ 幸
倏 ＝ 倐
脩 ＝ 修
脈 ＝ 脉
脇 ＝ 脅
胸 ＝ 胷
胸 ＝ 胷
皰 ＝ 疱
陗 ＝ 峭
陞 ＝ 升

## 11 畫

涼 ＝ 凉
淚 ＝ 泪
淒 ＝ 凄
淨 ＝ 凈
悽 ＝ 凄
寃 ＝ 冤
堃 ＝ 坤
烱 ＝ 炯
啟 ＝ 启
袷 ＝ 夾
袴 ＝ 褲
袴 ＝ 絝
袵 ＝ 衽
荳 ＝ 豆
掛 ＝ 挂
採 ＝ 采
捶 ＝ 搥
掆 ＝ 扛
桿 ＝ 杆
脣 ＝ 唇
欵 ＝ 款

| | | | |
|---|---|---|---|
| 勗 ＝ 勖 | 彫 ＝ 雕 | 廁 ＝ 厠 | 棲 ＝ 栖 |
| 異 ＝ 异 | 強 ＝ 强 | 廐 ＝ 廄 | 晳 ＝ 晰 |
| 畧 ＝ 略 | 𡰪 ＝ 屉 | 遊 ＝ 游 | 甦 ＝ 蘇 |
| 唸 ＝ 念 | 絃 ＝ 弦 | 棄 ＝ 弃 | 戞 ＝ 戛 |
| 崑 ＝ 昆 | | 羢 ＝ 絨 | 啣 ＝ 銜 |
| 崙 ＝ 侖 | 12 畫 | 粧 ＝ 妝 | 喫 ＝ 吃 |
| 崘 ＝ 侖 | 蛔 ＝ 蚘 | 裌 ＝ 夾 | 淼 ＝ 渺 |
| 鉢 ＝ 鉢 | 湊 ＝ 凑 | 裡 ＝ 裏 | 牋 ＝ 箋 |
| 毬 ＝ 球 | 減 ＝ 减 | 琺 ＝ 法 | 衆 ＝ 眾 |
| 躭 ＝ 耽 | 湼 ＝ 涅 | 煑 ＝ 煮 | 稉 ＝ 粳 |
| 臯 ＝ 皋 | 湧 ＝ 涌 | 塍 ＝ 塍 | 稈 ＝ 秆 |
| 釦 ＝ 扣 | 甯 ＝ 寧 | 堦 ＝ 階 | 棃 ＝ 梨 |
| 敍 ＝ 叙 | 寔 ＝ 實 | 揹 ＝ 背 | 犂 ＝ 犁 |
| 敘 ＝ 叙 | 雲 ＝ 云 | 揑 ＝ 捏 | 雋 ＝ 隽 |
| 夠 ＝ 够 | [illegible] ＝ 俟 | 菸 ＝ 烟 | 備 ＝ 俻 |
| 豚 ＝ 㹠 | 註 ＝ 注 | 菸 ＝ 煙 | 絛 ＝ 縧 |
| 脗 ＝ 吻 | 詠 ＝ 咏 | 菴 ＝ 庵 | 傑 ＝ 杰 |
| 週 ＝ 周 | 廂 ＝ 厢 | 菓 ＝ 果 | 徧 ＝ 遍 |

筍 ＝ 笋
鉅 ＝ 巨
觝 ＝ 抵
閒 ＝ 閑
疎 ＝ 疏
陻 ＝ 堙
隄 ＝ 堤
絏 ＝ 紲

## 13 畫

祼 ＝ 躶
裸 ＝ 臝
滙 ＝ 匯
溼 ＝ 濕
甯 ＝ 寧
慄 ＝ 栗
亷 ＝ 廉
稾 ＝ 稟
痺 ＝ 痹
痳 ＝ 痲
痳 ＝ 淋
痾 ＝ 疴
廈 ＝ 厦
耡 ＝ 鋤
瑯 ＝ 琅
塚 ＝ 冢
携 ＝ 攜
携 ＝ 擕
携 ＝ 㩗
携 ＝ 擕
搾 ＝ 榨
摃 ＝ 扛
㨪 ＝ 晃
搨 ＝ 拓
韮 ＝ 韭
椶 ＝ 棕
酧 ＝ 酬
煕 ＝ 熙
飱 ＝ 飧
跡 ＝ 迹
跡 ＝ 蹟
跥 ＝ 跺
歲 ＝ 嵗
歳 ＝ 嵗
稜 ＝ 棱
筯 ＝ 箸
愈 ＝ 癒
愈 ＝ 瘉
鉤 ＝ 鈎
鉋 ＝ 刨
腳 ＝ 脚
剹 ＝ 戮
羣 ＝ 群
綑 ＝ 捆
勦 ＝ 剿

## 14 畫

漱 ＝ 潄
慂 ＝ 恿
慽 ＝ 慼
誖 ＝ 悖
誌 ＝ 志
瘖 ＝ 喑
粺 ＝ 稗
塲 ＝ 場
皷 ＝ 鼓
撦 ＝ 扯
蒞 ＝ 莅
蓆 ＝ 席
槓 ＝ 杠
麪 ＝ 麵
輓 ＝ 挽

| | | |
|---|---|---|
| 踁 | ＝ | 脛 |
| 跼 | ＝ | 局 |
| 嗽 | ＝ | 嗽 |
| 嘷 | ＝ | 嗥 |
| 瞇 | ＝ | 眯 |
| 暱 | ＝ | 昵 |
| 獃 | ＝ | 呆 |
| 貍 | ＝ | 狸 |
| 牓 | ＝ | 榜 |
| 稭 | ＝ | 秸 |
| 僱 | ＝ | 雇 |
| 僊 | ＝ | 仙 |
| 箇 | ＝ | 個 |
| 箒 | ＝ | 帚 |
| 餁 | ＝ | 飪 |
| 嫋 | ＝ | 裊 |
| 綵 | ＝ | 彩 |

## *15* 畫

| | | |
|---|---|---|
| 潛 | ＝ | 潜 |
| 澂 | ＝ | 澄 |
| 窯 | ＝ | 窑 |
| 窰 | ＝ | 窯 |
| 廚 | ＝ | 厨 |
| 廝 | ＝ | 厮 |
| 糉 | ＝ | 粽 |
| 遶 | ＝ | 繞 |
| 覩 | ＝ | 睹 |
| 撐 | ＝ | 撑 |
| 歎 | ＝ | 嘆 |
| 蔴 | ＝ | 麻 |
| 樑 | ＝ | 梁 |
| 榷 | ＝ | 榷 |
| 槨 | ＝ | 椁 |
| 緊 | ＝ | 緊 |
| 豎 | ＝ | 竪 |
| 醃 | ＝ | 腌 |
| 豬 | ＝ | 猪 |
| 匳 | ＝ | 奩 |
| 閙 | ＝ | 鬧 |
| 噘 | ＝ | 撅 |
| 罸 | ＝ | 罰 |
| 踫 | ＝ | 碰 |
| ⿰⻊尚 | ＝ | 趟 |
| ⿰⻊尚 | ＝ | 蹚 |
| 蝟 | ＝ | 猬 |
| 駡 | ＝ | 罵 |
| 憇 | ＝ | 憩 |
| 儌 | ＝ | 僥 |
| 皜 | ＝ | 皓 |
| 牕 | ＝ | 窗 |
| 緜 | ＝ | 綿 |
| 墟 | ＝ | 圩 |
| 衚 | ＝ | 胡 |
| 舖 | ＝ | 鋪 |
| 慾 | ＝ | 欲 |
| 翫 | ＝ | 玩 |
| 蝨 | ＝ | 虱 |
| 嫺 | ＝ | 嫻 |
| 線 | ＝ | 綫 |
| 隣 | ＝ | 鄰 |

## *16* 畫

| | | |
|---|---|---|
| 諡 | ＝ | 謚 |
| 燐 | ＝ | 磷 |
| 霑 | ＝ | 沾 |
| ⿰孛頁 | ＝ | 脖 |
| 隸 | ＝ | 隷 |
| 冪 | ＝ | 幂 |
| 貓 | ＝ | 猫 |
| 檝 | ＝ | 楫 |
| 輭 | ＝ | 軟 |

叡 = 睿
嘎 = 嘎
踰 = 逾
骾 = 鯁
勳 = 勛
簑 = 蓑
餚 = 肴
嬝 = 裊
舘 = 館
燄 = 焰
劒 = 劍
餐 = 湌

## 17 畫

癎 = 癇
癎 = 𤺥
濬 = 浚
濶 = 闊
盪 = 蕩
薑 = 姜
瘩 = 瘩
襃 = 褒
甕 = 瓮
甕 = 罋
燬 = 毀
騃 = 呆
壎 = 塤
擣 = 搗
懃 = 勤
殭 = 僵
闇 = 暗
嚐 = 嘗
嶽 = 岳
谿 = 溪
氈 = 毡
擧 = 舉
鍊 = 煉
鍼 = 針
餬 = 糊
餵 = 喂
餽 = 饋
牆 = 墻
繃 = 綳

## 18 畫

蟲 = 虫
燻 = 熏
釐 = 厘
騐 = 驗
蹠 = 跖
豐 = 丰
顋 = 腮
雞 = 鷄
罇 = 樽
鵞 = 鵝
鎔 = 熔
鎌 = 鐮
鎚 = 錘
鎗 = 槍
歛 = 斂
餻 = 糕
颺 = 揚
翶 = 翺

## 19 畫

韻 = 韵
癡 = 痴
羶 = 膻
櫥 = 橱
覇 = 霸
闚 = 窺
嚥 = 咽

蹤 ＝ 踪
蠍 ＝ 蝎
蠏 ＝ 蟹
簷 ＝ 檐
艢 ＝ 檣
鵰 ＝ 雕
繡 ＝ 綉

## 20 畫

寶 ＝ 寳
譟 ＝ 噪
譭 ＝ 毀
瓌 ＝ 瑰
蠔 ＝ 蚝
饍 ＝ 膳
饑 ＝ 飢

## 21 畫

癧 ＝ 癧
齧 ＝ 嚙
籐 ＝ 藤
礮 ＝ 炮
礮 ＝ 砲
鐮 ＝ 鎌
鏽 ＝ 銹
艣 ＝ 櫓

## 22 畫

鼇 ＝ 鰲
韁 ＝ 繮
疊 ＝ 叠
躕 ＝ 蹰
鑑 ＝ 鑒
罎 ＝ 墰
罎 ＝ 壇
罎 ＝ 罈
罎 ＝ 壜

## 23–28 畫

攩 ＝ 擋
鼈 ＝ 鱉
齶 ＝ 腭
貛 ＝ 獾
讐 ＝ 仇
鑪 ＝ 爐
覊 ＝ 羈
讚 ＝ 贊
鱷 ＝ 鰐
灨 ＝ 贛
豔 ＝ 艷

# 簡體字書寫的部份規則

## 簡體字書寫的部份規則

| 文字 | 說明 |
|---|---|
| 讠 | 二畫，不作讠。 |
| 了 | 瞭讀ㄌㄧㄠˇ（明瞭）時，仍簡作「了」，讀ㄌㄧㄠˋ（瞭望）時作「瞭」，不簡作「了」。 |
| 刍 | 三畫。 |
| 马 | 三畫，筆順是：㇆马马。上部向左稍斜，左上角開口，末筆作左偏旁時改作平挑。 |
| 义 | 從乂加點，不可誤作叉。 |
| 饣 | 三畫，中一横折作乛，不作丶或點。 |
| 厅 | 從厂，不從广。 |
| 无 | 四畫，上從二，不可誤作旡。 |
| 区 | 不作匚。 |
| 乌 | 四畫。 |
| 长 | 四畫，筆順是：ノ𠂉长长。 |
| 朮 | 中藥蒼朮、白朮的朮讀ㄓㄨˊ。朮亦是術的簡體字。 |
| 鸟 | 五畫。 |
| 钅 | 第二筆是一短横，中兩横，豎折不出頭。 |
| 写 | 上從冖，不從宀。 |
| 宁 | 作門屏之間解的宁（古字罕用）讀ㄓㄨˋ，而寧的簡體字為宁，為避免二者混淆，原讀ㄓㄨˋ的宁簡化作亡。 |
| 压 | 六畫，土的右旁有一點。 |
| 尧 | 六畫，右上角無點，不可誤作尧。 |

## 簡體字書寫的部份規則

| 文字 | 說明 |
|---|---|
| 庆 | 從大，不從犬。 |
| 庄 | 六畫，土的右旁無點。 |
| 伙 | 伙爲夥之簡體字，但夥作「眾多」解時，不簡化。 |
| 坏 | 坏雖爲坯的異體字，但坏作爲壞之簡寫時，不可誤寫成坯。 |
| 丽 | 七畫，上邊一橫，不作兩小橫。 |
| 壳 | 几上沒有一小橫。 |
| 县 | 七畫，上從且。 |
| 条 | 上從夂，三畫，不從夊。 |
| 卖 | 從十從买，上不從士或土。 |
| 肃 | 中間一豎下面的兩邊從ㄧ丶，下半中間不從米。 |
| 黾 | 從口從电。 |
| 岭 | 嶺簡化成「岭」，不作「岺」，以免與岑相混。 |
| 类 | 下從大，不從犬。 |
| 临 | 左從一短豎一長豎，不從刂。 |
| 复 | 答覆、反覆的覆簡化做复，但覆蓋、顛覆仍用覆。 |
| 尝 | 不是賞的簡體字，賞的簡體字是赏。 |
| 将 | 将、浆、桨、奖、酱：右上角從夕，不從夕或爫。 |
| 鬥 | 鬥字頭的字，一般也寫作門字頭，如：鬧、鬮、鬩寫作閙、⿵門龜、⿵門兒。因此，這些鬥字頭的字可簡化作门字頭。但鬥爭的鬥應簡作斗。 |

## 簡體字書寫的部份規則

| 文字 | 說明 |
|---|---|
| 蚕 | 上從大，不從夭。 |
| 袜 | 從末，不從未。 |
| 乾 | 乾坤、乾隆的乾讀ㄑㄧㄢˊ，不簡化。 |
| 赏 | 不是尝，尝是嘗的簡體字。 |
| 叠 | 在迭和叠意義可能混淆時，叠仍用叠。 |
| 摺 | 發音ㄓㄜˊ時，在折和摺意義可能混淆時，摺仍用摺。 |
| 像 | 在象和像意義可能混淆時，像仍用像。 |
| 睾 | 睾丸的睾讀ㄍㄠ，不簡化。 |
| 缠 | 右從厘，不從厘。 |
| 徵 | 五音（宮、商、角、徵、羽）的徵讀ㄓˇ，不簡化。 |
| 餘 | 在余和餘意義可能混淆時，餘仍用餘。 |
| 藉 | 藉口、憑藉的藉簡化作借，慰藉、狼藉等的藉仍用藉。 |

辭書大系 ❶ (TS001)

# 簡繁體輕鬆變

出版者 / 文興出版事業有限公司
總公司 / 臺中市西屯區漢口路2段231號
電　話 / (04)23160278　傳　真 / (04)23124123
營業部 / 臺中市西屯區上安路9號2樓
電　話 / (04)24521807　傳　真 / (04)24513175
E-mail / *79989887@lsc.net.tw*
展讀文化出版集團網址 / http://www.flywings.com.tw

發行人 / 黃文興
主　編 / 黃世杰
副主編 / 洪心容、黃世勳
編　輯 / 林士民、方莉惠、賀曉帆、陳冠婷
封面攝影 / 黃世杰
版面設計 / 林士民
封面設計 / 林士民
總經銷 / 紅螞蟻圖書有限公司
地　址 / 臺北市內湖區舊宗路2段121巷28號4樓
電　話 / (02)27953656　傳　真 / (02)27954100
初版12刷 / 中華民國96年3月
定　價 / 新臺幣150元整
ISBN / 957-28932-2-X



郵政劃撥
戶名：文興出版事業有限公司　帳號：22539747

簡繁體輕鬆變 / 黃世杰主編. -- 初版. -- 臺
中市：文興出版，民93
面； 公分. --（辭書大系 ； 1）

ISBN 957-28932-2-X（平裝）

1. 中國語言 - 簡體字

802.299　　　　　　93003678